2,50

DIANA

Das Buch

Norditalien im Mittelalter. In seinem Testament bestimmt der alte Marchese nicht seine Tochter Bianca, sondern seinen verwitweten Schwiegersohn Franchino von Mantua zum Alleinerben der Burg von Challant. Aber der unverhoffte Reichtum ist für den Herzog ohne Herzogtum an eine wahrhaft teuflische Klausel im Testament des Verstorbenen geknüpft: Der Erbe hat von nun an in absoluter Keuschheit zu leben. Ein geringer Preis für eine Burg, denkt Franchino – bis er der bildhübschen Bianca begegnet. Was zuerst einfach erscheint, wird für Franchino zum schier unlösbaren Problem, denn die junge Marchesa kümmert sich herzlich wenig um die Leiden ihres zölibatären Schwagers. Damit Franchino das angeordnete Keuschheitsgebot auch befolge, werden von den Klöstern des Tals zwölf Äbte als persönliche Tugendwächter des Herzogs herbeigeholt. Doch die Kirchenmänner können ihrem Amt nicht lange dienen. Mit der Ankunft des schweigsamen und sehr gelehrten Einzelgängers Venafro beginnt für die sinnenfeindlichen Ordensbrüder ein tödlicher Reigen. Nach und nach kommen alle zwölf Äbte unter höchst merkwürdigen Umständen ums Leben: Der erste stirbt an einer Überdosis des Extrakts der Herbstzeitlosen, der zweite verunglückt mit einem Schlitten, wieder ein anderer wird unerklärlicherweise von einer Bratpfanne erschlagen. Kann es sich hierbei noch um einen Zufall handeln oder geht etwa ein Mönche meuchelnder Unbekannter in der mittelalterlichen Burg um? Mit viel Witz und Esprit lässt Laura Mancinelli vor den Augen ihrer Leserschaft eine längst vergangene Epoche wieder auferstehen und macht ihren Roman zu einer berauschenden Feier des Lebens, der Liebe und der Sinnlichkeit.

Die Autorin

Laura Mancinelli, geboren 1933 in Udine, ist Professorin für Sprach- und Literaturwissenschaft an der Universität von Turin. Sie hat u. a. das *Nibelungenlied* und Gottfried von Straßburgs *Tristan* übersetzt. Sie ist die Verfasserin mehrerer historischer Romane und Kriminalromane.

Laura Mancinelli

Das teuflische Testament

Roman

Aus dem Italienischen
von Angelika Beck

DIANA VERLAG
München Zürich

Diana Taschenbuch Nr. 62/0270

Die Originalausgabe
»I dodici abati di Challant«
erschien 1995 bei Einaudi, Turin.

Taschenbucherstausgabe 08/2002

Der Diana Verlag ist ein Unternehmen der
Heyne Verlagsgruppe, München
Printed in Germany 2002

Umschlaggestaltung: Hauptmann und Kampa
Werbeagentur, CH-Zug, unter Verwendung eines Ausschnitts
des Gemäldes Giovanni Emo von Giovanni Bellini,
um 1475–80, © National Gallery of Art, Washington
Satz: Schaber Satz- und Datentechnik, Wels
Druck und Bindung: Elsnerdruck, Berlin
Gedruckt auf chlor- und säurefreiem Papier.

ISBN: 3-453-21190-1

http://www.heyne.de

VENAFRO

Der Mann, der durch die Wälder zur Burg von Challant hinanritt, schien die Pfade gut zu kennen, denn er fand sie mühelos, selbst unter der dicken Schneeschicht, mit welcher der frühzeitige Winter das ganze Tal bedeckt hatte. Und doch war er fremd hier. Darauf deuteten sein kurzes schwarzes Haar, der schwarze Schnurrbart und die ganz unglaublich schwarzen Augen hin. Auch die Farbe seines Gesichts war merklich dunkler als die der Menschen, die man gewöhnlich hier antrifft. Der lange schwarze Kapuzenmantel, von dem er ab und zu den Schnee schüttelte, der ihn immer wieder von neuem bedeckte, ließ die Gestalt noch geheimnisvoller wirken.

Er nannte sich Venafro. Doch vielleicht war dies gar nicht sein richtiger Name. Niemand wußte etwas über ihn, nur daß seine Herkunft mit der wunderschönen und märchenhaften Isabella von Aquitanien zu tun haben mußte, die sich jedoch nie in diesen Bergen aufgehalten hatte, obwohl sie mit den Herren von Challant nahe verwandt war. Und die ganze Erscheinung Venafros verriet den exotischen Ursprung. Aber woher er kam, wußte niemand.

Das Geheimnisvolle und das Lächeln, das seine Lippen nur selten umspielte, standen im Widerspruch zu jener berühmten Verwandtschaft, in welcher der Adel der Geburt mit einer einzigartigen Freiheit der Sitten wetteiferte. Es hieß nämlich in den alten provenzalischen Chroniken, daß Isabella von Aquitanien unter den vielen unvergleichlichen, der Schönheit und dem Adel gestatteten Ausschweifungen ihres Lebens aus Liebe auch versucht habe, den großen Bernhard von Clairvaux zu verführen, jenen hochheiligen Mann und Abt des dortigen Klosters, der jedoch der Sinnenlust recht wenig abzugewinnen vermochte. In Aquitanien wurde noch immer viel darüber geredet, zum einen weil diese mutige Frau hohes Ansehen genoß, zum anderen weil jene Begebenheit Bernhard seiner keuschen Standhaftigkeit wegen den Titel eines Heiligen, wenn nicht die Aura eines Märtyrers eintrug. Denn war es etwa kein Martyrium? Lange wurde diese Frage zwischen den Schulen von Paris und Salamanca erörtert, wobei die Gelehrten der letzteren dazu neigten, sie zu bejahen, weil sie der Auffassung waren, es sei wahrlich ein Martyrium, sich der Liebe einer edlen und schönen Frau wie Isabella von Aquitanien zu entziehen, die vor Lust und Leidenschaft glühte und ihn in ihren weißen, zärtlichen Armen gefangen hielt. Die Schule von Paris hingegen befand, daß es kein Martyrium gewesen sei, sondern Torheit. Doch man lese die Chronik der Provence:

»In diesen Hinterhalt geriet Bernhard fürwahr an jenem Tage, als er nach Aix ging, wo die lauwarmen oder kochend heißen Moorbäder seit jeher Menschen von gichtartigen und rheumatischen Beschwerden geheilt haben, indem sie durch Wärme die Gelenkschmerzen linderten, Knoten und verschiedene Verhärtungen lösten und die Glieder liebkosten. Bernardo hatte sich in solche Behandlung begeben, weil er unter Nackenschmerzen litt, die vielleicht von der kalten Zelle herrührten, in der er Seneca, Cicero, den Übersetzer Girolamo, Augustinus, Platon, Aristoteles und Plotin studierte. Auch die rechte Hand tat ihm weh, was in ihm die Befürchtung genährt hatte, keine Predigten mehr schreiben zu können, in denen er die Sünden der Menschen geißelte, die den Körper und die Fleischeslust liebten. Einzig und allein aus diesem Grund hatte er sich schließlich jenen heißen Kuren unterzogen, sich nackt hingestreckt auf ein schlichtes Bett, während schwarzgekleidete alte Frauen schweigend den Schlamm über die schmerzenden steifen Glieder gossen und ihn, wenn dieser kalt und hart geworden war, mit reinem Quellwasser abwuschen. Doch vernehmt nun die niederträchtige Tat und schändliche Täuschung des boshaften Teufels! Eines Tages bemerkte der heilige Bruder nämlich, daß die verschleierte, schwarzgekleidete Frau keineswegs alt war, als sie den Schleier lüftete und ein lachendes Antlitz und einen verliebten Blick enthüllte. Während der Schlamm bereits erstarrte und hart wurde, küßte die schöne Frau Bernhard auf den Mund und ließ durch seine Adern jenes furchtbare Höllenfeuer rinnen, das er so oft von der Kanzel angedroht hatte. Und indem sie das mit Perlen gekrönte Haupt über ihrer Missetat erhob, legte sie dem Gottesmann, damit er kein Wort hervorbringen konnte, weiteren Schlamm auf den Mund und schloß darin den hervorbrechenden heiligen Groll ein. Der Mönch, ein wackerer Krieger, bereit zu sterben, ohne dem Dämon zu weichen, versuchte aufzustehen, um der Sünderin zu entfliehen; aber der Teufel selbst hatte ihr alle Listen der Hölle beigebracht. Sie hatte seinen Körper nicht mit wohltuendem Schlamm, sondern mit gemeinem Ton bedeckt, der beim Erkalten inzwischen hart geworden war und den Mönch wie ein Panzer umgab, so daß er jedem Angriff wehrlos ausgeliefert war. Er konnte nur die Augen verdrehen, aus denen Flammen heiligen Zorns schossen, während sich die Sünderin zu ihm niederbeugte und mit verwegenen, schamlosen Händen schon den kalten, steifen Panzer zu liebkosen begann. Und der Heilige, sich des Martyriums bewußt, ahnte bereits die offene Wunde, die an manchen Stellen verletzte Kruste, die kühne Hand, die ihm nach Diebesart Tugend und Enthaltsamkeit rauben wollte. Fast hätte er in diesem Moment dem Ausspruch Abälards, jenes hochmütigen und sündigen Mönches, recht gegeben, der listenreich von einer Kanzel predigte, daß allein die Absicht sündigen könne. Und gemäß einer solchen Lehre würde er nicht sündigen, hatte er doch keinerlei sinnliche Absichten gehegt, als er, mit einer einfachen Kutte bekleidet, hierher gekommen war, um Linderung jenes Schmerzes zu suchen, der seine Glieder heimsuchte. Doch das Bild des gegnerischen Mönches verflüchtigte sich wie Nebel in der Sonne unter dem heißen Blick dieser Augen, die ihn bis zu einem Punkt zu durchbohren schienen, zu dem kein menschlicher Blick vordringt. Da begann sich auch schon der Schlamm zu lösen, und die weiße Hand glitt wollüstig über die nackte Haut …«

Hier endet die Chronik der Provence. Wie das Abenteuer des heiligen Bernhard ausging, weiß man nicht, weil in der Chronik ausgerechnet an dieser Stelle ein Stück Pergament fehlt. Gerührt und ergriffen von der Heiligkeit des Mönches, berichtet der Volksmund, daß in der Stunde des Martyriums, mit dem sich der Mönch bereits abgefunden hatte, die weiße Taube vom Himmel kam, die große Taube mit den weißen Flügeln, und mit dem Schnabel den Panzer aufbrach. Der Ton überzog sich mit Rissen, der Mönch wandte Kraft an, und der Heilige floh hinweg, rein und unschuldig. Doch bei den Gelehrten findet dieses einfältige Gerücht wenig Glauben. Und für unsere Geschichte hier ist es auch ohne Belang, ob die Tugend des heiligen Bernhard unversehrt blieb oder nicht; wir wollten nur erzählen, daß Venafro auf irgendeine geheimnisvolle Weise mit der schönen Dame vergangener, wenn auch noch nicht allzu ferner Tage in Verbindung steht. Sollte allerdings ein Verwandtschaftsverhältnis den geheimnisvollen Venafro mit der großen Isabella von Aquitanien verbunden haben, so hatte er von ihr sicherlich weder die Heiterkeit geerbt noch den Leichtsinn, noch jene Aura ewiger Unschuld, die bei schönen Frauen jenen mächtigen Zauber und jene unwiderstehliche und perfide Kunst ausmacht.

Venafro war ein schweigsamer Einzelgänger. In der Burg hatte man ihn aufgenommen wie einen Fremden oder Verbannten oder Verwandten. Er genoß die Gunst des schönen Burgfräuleins Bianca von Challant und ihres Schwagers, des Herzogs Franchino von Mantua, der, wie wir weiter unten berichten werden, nach dem Tod des alten Marchese von Challant durch eine seltsame Fügung des Schicksals Burgherr geworden war. Erst danach war Venafro – doch das ist nicht sein richtiger Name – nach Challant gekommen, als wegen einer merkwürdigen Erbfolge die schöne Marchesa und rechtmäßige Tochter des alten Herrn des Lehens und der Macht verlustig ging zugunsten des jungen Herzogs von Mantua und untröstlichen Witwers ihrer schönen Schwester Eleonora, die er gegen väterlichen Willen geheiratet hatte und die unten in den Sümpfen gestorben war an jenem Übel, das der Mincio ausbrütet, wenn er zwischen Feldern und Dörfern über die Ufer tritt. Vom sumpfigen Fluß steigen tödliche Dämpfe auf, die sich in der schwülen, von Stechmücken und Sandfliegen bevölkerten Luft stauen. Dieser Todeshauch tötete die Marchesa, deren reizender Kopf, gewöhnt an die klare Luft, die von den Gipfeln durch die bewaldeten Täler niederströmt, das drückende Klima der dunstigen Ebene nicht vertrug. So kehrte der Herzog mit der traurigen Last einer Bahre in die Burg von Challant zurück, gefolgt von einem langen Leichenzug, der sich aus dem Tal zum Berg hochwand. Vor Kummer starb kurz darauf auch der alte Marchese. Aber zuvor hatte er sein Testament niedergeschrieben.

DAS TESTAMENT

Der Herzog von Mantua saß fröstelnd im Saal der Burg, während der alte Notar Favretto, der auf dem Rücken seines traurigen, rheumatischen Maultiers bis hier herauf gekommen war, mit gelangweilter Stimme das umfangreiche Testament verlas. Wahrscheinlich hörte der Herzog gar nicht zu. Oder zumindest nicht dauernd. Der Marchese Alfonso von Challant bestimmte darin ebenjenen Herzog Franchino von Mantua zum Erben des gesamten Lehens. Dieser Herzog ohne Herzogtum war der eigentliche Grund für alles Unglück gewesen und beraubte nun die jüngste Tochter des Marchese, die schwarzhaarige Bianca, ihres rechtmäßigen Erbes. Aber wenn man die wahre Absicht erfahren möchte, die dem Marchese das Testament eingegeben hatte, so lese man das Kodizill und den letzten Absatz mit der boshaften und bindenden Klausel, die der Herzog, vor lauter Hast, es anzunehmen, nicht gelesen hatte, ehe er seine Unterschrift darauf setzte. Die Klausel besagte, daß der Erbe den Rest seiner Tage, also untrüglich bis zu seinem Tod, in Keuschheit verbringen müsse und keinen Beischlaf vollziehen dürfe.

Damit der Herzog das Gebot der Keuschheit auch wortgetreu befolge, waren von den Klöstern des Tals zwölf Äbte herbeigerufen worden, welche die Tugend und die Ehre des Herzogs unermüdlich überwachen sollten. Und sie waren gekommen, ein langer schwarzer Zug, auf Pferden und auf Maultieren, und hatten sich in der Burg eingenistet mit ihren Dienern, ihren Paramenten, mit Meßbüchern und anderem Hausrat und mit ihren seltsamen geheimnisvollen Namen: Malbrumo, Nevoso, Foscolo, Mistral, Umidio, Santoro, Prudenzio, Leonzio, Celorio, Ildebrando, Torchiato, Ipocondrio.

Einige Tage später, an einem Septemberabend, als die Herbstzeitlosen auf den Weideflächen zu blühen begannen und die ersten kalten Tage des Herbstes ankündigten, an einem schönen Abend im September also, errötet von der schmerzlichen Erinnerung an den Sommer, war auch Venafro eingetroffen. Man wußte nicht, wer ihn gerufen hatte, erwartet wurde er von niemandem. Er war allein gekommen auf seinem Rappen, ohne Gefolge, ohne Knappen. Er hatte die Marchesa um ihre Gastfreundschaft gebeten, und sie hatte den Kopf geneigt.

Und nun lebte Venafro in dieser Burg, in einem Gemach ganz oben im Turm, das sich bei Dunkelheit von den anderen durch einen schwachen Lichtschein abhob, der dort bis spät in die Nacht leuchtete, ein feuriges Auge im Dunkel des Tals. Wenn Menschen und Tiere ruhten, schrieb Venafro in diesem Zimmer an seinem Herbarium. Ein paar Fragmente sind davon erhalten geblieben:

»In meiner Heimat wächst der strenge Lorbeerbaum mit dunklem, nach Meer duftendem Laub und grünt das ganze Jahr über hoch auf der Klippe. Er ist die Pflanze der kühlen keuschen Liebe, die das ganze Leben lang währt, weil sie sich nicht verzehrt; der Lorbeer ist die Pflanze, die Daphne zum Symbol der Keuschheit verdammte, da er dem heißen Kuß Apolls seine kalte Holzrinde entgegensetzte.

Wem es nach heißerer Liebe verlangt, der wähle den Rosmarin; auch er grünt das ganze Jahr, aber wenn der harte Winter schmilzt, treibt er wieder duftende blaue, lavendelartige Blüten, in denen sich die Wärme und der

Geruch des Sommers ankündigen. Wie die Liebe kann er jede Zeit überdauern; aber immer kommt eine Jahreszeit, die ihn von der Wurzel her erneuert.

Wer leidenschaftliche Liebe sucht, der wähle den grünen Granatapfelbaum. In meiner Heimat entfaltet er am Rande des Obstgartens sein zartes, wie Quellwasser gefärbtes Laub, das in der Maiensonne vereinzelte rote Blüten treibt: nur wenige zwar, denn sie sind von großer Schönheit, und jede trägt im September eine wunderbare Frucht aus blutroten Kristallen, die den ganzen Winter überdauert.

Wer die ewige Liebe ersehnt, die jenseits von Raum und Zeit fortbesteht, der finde die kalte Albrizia, jene eisfarbene Pflanze, die im Schnee gedeiht, unverändert das ganze Jahr über. Sie trägt weder Blüten noch Früchte, weil sie weder lebt noch stirbt; ihr Blattwerk ist nicht grün noch von einer anderen Farbe; sie hat weder Geruch noch Aroma, weil sie nicht lebt und nicht stirbt. Sie vermehrt sich nicht entlang der Ufer, weil sie nicht stirbt und daher auch nicht lebt.«

Ein anderes Fragment aus Venafros Herbarium ist *Der Gewürzstrauch oder der Baum der Freude:*

»Wenn du an einem Ort vorüberkommst, wo der Gewürzstrauch beim ersten Schmelzen des Schnees erblüht, so brich einen Zweig davon ab und hab keine Angst. Der Gewürzstrauch treibt dort, wo du den Zweig abgebrochen hast, noch üppigeres Grün und übt auf dein Leben eine wundersame Macht aus: Er lehrt dich eine seltene und geheimnisvolle Freude genießen, und du wirst unter dem Augustregen dahinlaufen und gar nicht merken, daß es regnet, auf dem Gipfel eines Hügels einhergehen und nicht wissen, ob du hinauf- oder hinabsteigst, und, was wahrhaft wunderlich und sonderbar ist, einen Sonnenuntergang im Herbst betrachten mit der Gewißheit, daß die Sonne in Wirklichkeit nie untergeht.«

Leider sind uns keine anderen Fragmente von Venafros Herbarium erhalten geblieben, und wir wissen auch nicht sicher, ob er es je abgeschlossen hat; vom Zeitpunkt seiner Ankunft an ereigneten sich nämlich in der Burg viele mysteriöse und sonderbare Dinge.

DER HERZOG VON MANTUA

Herzog Franchino von Mantua hätte eigentlich besser ein Spielmann werden sollen. Und vielleicht wäre er auch gern einer geworden. Er war nämlich blond, zart und hatte blaue Augen, kurzum, er sah aus, wie man sich einen Spielmann vorstellt. Zudem war er ständig verliebt. Auch wenn er nicht wußte, wie man liebt. Das einzige Mal, als er seinen Liebestraum krönte, hatte er die Marchesa Eleonore von Challant geheiratet, und die Ehe war ein Desaster geworden. Er hatte seine nervöse Zartheit nicht im Griff. Wenn nicht zuerst die Marchesa gestorben wäre, dann hätte sicherlich bald er das Zeitliche gesegnet. Nun gefiel er sich in seiner Witwerschaft, da ihm das Schwarz der Trauer gut zu Gesicht stand. Und außerdem verliebten sich die Frauen gern in einen jungen Witwer, vor allem in einen blonden. Zwischen echter Schwermut und dem Gefallen an ihr, zwischen Trauerkluft und blütenweißen Brüsseler Spitzen, mit denen er seine schwarzen Gewänder schmückte, verbrachte somit Herzog Franchino seine Tage in der Burg von Challant, versunken in die lang andauernden Sonnenuntergänge der Alpen, und komponierte Lieder auf der Viola. Und darin zeigte er wirklich Talent, sein einziges. Er, der in der Verwaltung seines Herzogtums ein derartiges Ungeschick bewiesen hatte, daß er ein reiches, mit blühender Landwirtschaft und Handelstätigkeit gesegnetes Land gescheitert verließ, das soll heißen, als gescheiterte Existenz und Hungerleider, denn er tastete den Reichtum seines Landes nicht an, das ihm immer noch nachweinte und ihn liebte. Und dieser gescheiterte Herzog komponierte nun also Verse und Weisen auf der Viola.

Oft strahlte das Licht in seinem Fenster die ganze Nacht und bildete ein Gegenstück zu jenem anderen Licht, das weiter oben im Turm leuchtete und das des Venafro war, der an seinem Herbarium schrieb.

Als er die Annahme des Testaments unterzeichnet hatte, sann Herzog Franchino gerade angestrengt über einen schwierigen Reim nach für ein kleines Tanzlied, das mit den Worten begann: »der Gedanke, der sich dem Westwind anvertraut«; und er war so vertieft in diese Grübelei, daß er gar nicht mehr hinhörte, als ihm das Testament vorgelesen wurde. Es zuvor selbst zu lesen hatte er ganz vergessen oder, besser gesagt, sich wohlweislich davor gehütet. Andererseits würde derjenige, der meinte, der Herzog sei an dem Erbe interessiert gewesen, sich sehr irren. Ganz im Gegenteil, er sah Scherereien auf sich zukommen durch die Verwaltung der Güter, die Ausübung der Gerichtsbarkeit bei den neuen Untertanen, die nachbarschaftlichen Beziehungen zu den Herren der angrenzenden Ländereien und so weiter. Alles Dinge, für die er keinerlei Neigung verspürte. Aber er hatte das Testament angenommen, weil ihm eine Ablehnung unschön erschien, weil man es eben gewöhnlich so macht; warum, wußte er im Grunde selbst nicht.

So sah er sich nun an eine ernste und unabwendbare Verpflichtung gebunden, die seine Ehre und noch mehr sein Leben betraf, da die zwölf Äbte, die aufgrund des Testaments des teuflischen Alten eigens heraufgekommen waren, um ihn zu überwachen, bis zum Abend, wenn er sich allein in sein Zimmer einschloß, keinen Augenblick von seiner Seite wichen.

Obwohl er beim zu späten Lesen des Testaments eine

Beklemmung im Herzen empfand, hatte er der Sache zunächst nicht viel Gewicht beigemessen. Es war ein Moment, in dem er keinerlei Begierden zu haben schien.

Doch am nächsten Tag im Morgengrauen stellten sie sich sogleich ein. Es geschah beim Erwachen, als vielleicht noch ein Stück von einem Traum auf der Schwelle seines Bewußtseins verweilte, ein fragiles Stück, das jene Schwelle nicht überschritt und sich in ein stummes Gefühl von Freude und Wärme auflöste, das die noch schlaftrunkenen Glieder durchströmte, in dem schlafenden Blut kreiste und den Körper schlagartig mit Leben und Lust erfüllte. Und der Herzog erwachte wie an einem Festtag.

Das Fest dauerte bis zu dem Augenblick, da er den Saal der Burg betrat und die Äbte erblickte. Um die Wahrheit zu sagen, kümmerten sich nicht alle um ihn. Einige waren mit ihren eigenen Belangen beschäftigt und von diesen völlig absorbiert. Nicht aber zum Beispiel Ipocondrio. Der bemerkte das Lächeln auf dem Gesicht des Herzogs sofort. Und woraus entsprang ein Lächeln? Aus der Sünde. Und was ist die Sünde? Das Fleisch. Der Herzog mußte ein recht schwächlicher Sünder sein, denn das Lächeln floh sofort von seinem Gesicht wie ein Vogel, den der Winter überrascht.

Dann, in der darauffolgenden Nacht, hatte er einen Traum. Er träumte, er sitze am Bettrand und wecke eine schlafende Frau. Der Tag brach an, und dieser Traum, er wußte nicht wieso, betrübte ihn. Er weckte die Frau, die im Bett schlief, indem er sie beim Namen nannte, aber diesen wußte er nicht mehr. Er tat es leise und lang, bis die Frau den Kopf hob und ihn ihm in den Schoß legte. Und da sog er den Duft ihres Körpers ein.

Jedesmal, wenn Herzog Franchino in den folgenden

Tagen einer Frau nahekam, erinnerte er sich an den Traum und versuchte, den Duft wiederzuerkennen, den er im Traum gerochen hatte, aber da er ein wohlerzogener Mensch war, tat er es so, daß niemand es merkte. Der Geruch nämlich war es, was sich ihm am deutlichsten eingeprägt hatte, nicht das Gesicht, nicht der Blick, sondern nur das fahle Licht der Morgendämmerung und der schwache, sanfte Duft. Jeder Körper hat seinen eigenen Geruch. Bei einer Person, die man liebt, erinnert man sich vor allem an den Geruch.

Aber wen liebte der Herzog? Gewiß nicht Fräulein Camilla, die Hofdame der Marchesa, die ihm verächtliche Blicke zuwarf, weil sie in ihm einen verrückten Fremdling sah. Und außerdem war sie dürr und streng. Auch nicht das Edelfräulein Ildegonda, groß und blond. Jawohl, sogar einen halben Kopf größer als er. Vielleicht Pilar, die von einem maurischen Hof in Spanien stammte? Oder die schöne Maraví vom Hof der Anjou in Neapel? Voller Ungewißheit machte sich der Herzog auf die Suche. Er erforschte sich und die anderen, das heißt die anderen Frauen. Immer, wenn er in ihre Nähe, zufällig mit einer in Kontakt kam, schärfte er seine Sinne, seinen Geist, spannte alle Fasern seines Körpers an und betrachtete aufmerksam das Gesicht der Frau, die jeweils neben ihm stand, um das Rätsel zu lösen und hinter die Wahrheit zu kommen. Er wollte wissen, wer die Frau in seinem Traum gewesen war, wollte wissen, wer die Frau war, die er liebte. Und er blähte die Nasenflügel, um den Geruch wieder zu entdecken.

Eines Abends dachte der Herzog wieder über jenen Traum nach und beobachtete dabei den frühen Sonnenuntergang des Herbstes, der nun bereits das Tal mit Schwermut erfüllte, als ihn ein aufgeregtes Klopfen an seiner Tür hochfahren ließ. Es war der junge Irzio, der noch bartlose Page der Marchesa, der in der Eile, ihm etwas mitzuteilen, sich mit den Konsonanten verhaspelte und die Botschaft durch Handbewegungen zu vervollständigen suchte. Der Herzog hätte nicht viel begriffen, wäre ihm nicht von unten aus dem großen Saal der Burg der Klang einer Laute ans Ohr gedrungen. Während die beiden gemeinsam die Treppe hinuntergingen, schaffte es Irzio zu sagen, daß gerade eben ein Troubadour eingetroffen sei.

Alles eilte zum Saal, wo bereits die Marchesa und ihre Hofdamen Platz genommen hatten; Venafro stand hinter seiner Gastgeberin. Die Äbte waren aus allen Teilen der Burg herbeigekommen und hatten einen Kreis gebildet, in dessen Mitte auf einem Schemel aus Nußbaumholz der Troubadour saß und seine Laute stimmte. Als ihn der Herzog erblickte, war er entsetzt. Er glaubte, sich selbst zu sehen, vielleicht jünger, vielleicht hübscher, vielleicht die Person, die er hätte sein wollen. Die großen himmelblauen Augen des Troubadours, als sie sich von der Laute hoben, waren die Augen eines ewig Schuldlosen. Er lächelte und stimmte »*Can vei la lauzeta mover* …« an. Als das schöne nostalgische Lied beendet war, bat die Marchesa um *Maienzweig*. Der Herzog lauschte hingegeben. Als dann, fast unverständlich durch den Klang der Laute, die kühnen Verse Rimbauts ertönten, der der Frau vorhält, sie noch niemals nackt in seinen Armen gehalten zu haben, zuckte der Herzog zusammen und sah die Marchesa an. Es kam ihm vor, als betrachte sie ihn.

Dann wurde auf Wunsch der Frauen ein Tanz gespielt. Venafro trat zum Troubadour und begleitete ihn auf seiner provenzalischen Flöte: Alle Frauen, auch die Marchesa, tanzten im Kreis; auch der Herzog tanzte und faßte die Marchesa bei der Hand; und das Tanzbein schwang auch der Abt Mistral, der sich von den anderen Äbten unterschied, weil er vom ersten Tag an die lange schwarze Mönchskutte gegen einen Reitanzug vertauscht hatte, und der gewandte Kavalier liebte Pferde und den Tanz. Der Herzog von Mantua tanzte mit großer Geschicklichkeit. Nur wenn er nach den Regeln des Tanzes den Kopf zur Marchesa wenden mußte, war er immer einen Augenblick zu früh dran; wenn er ihn in die entgegengesetzte Richtung drehen mußte, führte er die Bewegung etwas zu spät aus.

Nach dem Tanz ließ die Marchesa die Tische fürs Abendessen herrichten und wollte, daß der junge Troubadour am Tischende neben ihr, zu ihrer Rechten, sitze, und sie selbst nahm ihn bei der Hand und führte ihn dorthin. Flink wie ein junger Kater setzte sich der Herzog ihr zur Linken, und schon rückte er seinen Hocker an den der Marchesa heran, der ihm zu weit weg oder vielleicht nicht nahe genug zu stehen schien, als, nicht sehr schnell, aber mit gewichtiger Entschiedenheit, Abt Umidio den seinen zwischen ihn und die Marchesa stellte und sich, ebenso gewichtig, mittendrin darauf niederließ. Dann wandte er sich zum Herzog, der ihn verdutzt ansah, atmete ihm schwer ins Gesicht, senkte den Kopf auf die Tafel und machte sich über die Mahlzeit her.

Der Herzog betrachtete die Speisen ohne Appetit. Als er den Blick hob, sah er, daß Venafro, der ihm gegenüber saß, ihn beobachtete.

Die Marchesa unterhielt sich mit dem Troubadour über neue Gedichte und Tänze aus der Provence und aus Aquitanien: Sie trug ein silberfarbenes Kleid, in dessen Faltenwurf sich das Licht der an den Wänden befestigten großen Lampen brach und bei jeder Bewegung ihrer Arme oder ihres Körpers aufleuchtete.

In dieser Nacht konnte sich der Herzog nicht entschließen, zu Bett zu gehen. Er saß an seinem Fenster und betrachtete den Mond, der das Tal weiß färbte. Wie ein brauner Ring hoben sich die hohen doppelten Mauern, die den Burghof umgaben, vor dem makellosen Schein ab. Nichts regte sich in der Nacht, und nichts trübte das erhabene weiße Licht.

Plötzlich erblickte der Herzog ein großes schwarzes Pferd, auf dem ein schwarzgekleideter Reiter saß, der im Galopp den Hof überquerte und, ohne das Tempo zu verlangsamen, auf die Mauern zujagte, erst über die eine, dann über die andere setzte und mit wehendem schwarzen Mantel im weißglänzenden Tal dahinraste. Ein Strahl des Mondes leuchtete neben ihm auf; ein Schimmel, sichtbar nur durch den Schatten, den das Mondlicht warf, zeichnete sich neben dem Rappen ab und galoppierte mit ihm davon.

Gebannt fixierte der Herzog das Tal. Der schwarze Schatten des Reiters war inzwischen weit weg, und der Mond umstrahlte ihn reglos. Er war sich nicht mehr sicher, ob er das alles gesehen oder es sich nur eingebildet hatte: das weiße Pferd und das Mondlicht, das es hervorhob. Und wer war der schwarze Reiter? Venafro? Mistral? Der Troubadour?

In dieser Nacht schlief der Herzog herzlich wenig. Und als er erwachte, machte er einen verstörten und etwas traurigen Eindruck. Nur ganz wenig Licht drang durch das hohe, schmale Fenster, das sich in der Wand öffnete. Die Burgmauern, das Tal, die Bäume, alles ging im Nebel unter, der in dichten Schwaden hochstieg und waberte, und eine ungeheure Stille lastete auf der Erde. Es schien, als sei das Leben aus diesen Gegenden geflohen. Dem Herzog ging wieder der Abend zuvor durch den Kopf, der von Kerzen erleuchtete Saal, die Laute des Troubadours, der Branle, den er getanzt und dabei die Hand der Marchesa gedrückt hatte, ihr Kleid von der Farbe des Mondes … der schwarze Reiter … jene Flucht ins Tal …

Vielleicht hätte er im großen Saal jemanden angetroffen, vielleicht war noch der junge Spielmann dort, und er hätte jenen himmelblauen Blick wiedergesehen, mit dem Jüngling musiziert. Vielleicht war die Marchesa dort. Gewiß hätte im großen Kamin ein Feuer gebrannt.

Doch als er sich an der Schwelle zum Saal zeigte, fühlte der Herzog seine Hoffnung schwinden. Das Feuer, ja, es brannte im Kamin, aber im schwachen Licht des Nebels saßen zwölf schwarze Gestalten ganz hinten im Saal zur Beratung zusammen. Stirnrunzelnd, nachdenklich und wortkarg hockten die Äbte auf ihren hohen Stühlen. Und alle wandten die Köpfe und maßen den Herzog mit strengen Blicken.

DIE MARCHESA VON CHALLANT

Die Marchesa von Challant pflegte abends vor Sonnenuntergang auszureiten, und das bei jedem Wetter, im Sommer wie im Winter, bei Sonne, bei Wind, bei Schnee oder Regen. Sie besaß drei lange Capes, die zur Hälfte auch ihr Pferd bedeckten, eines aus arabischer Seide für die warmen Sommerabende, eines aus Wollsamt für die erste Herbstkälte und eines aus dickem Pelz für den Winter.

Zwei prachtvolle Pferde nannte sie ihr eigen. Das eine war ein edler Schimmel mit langem, kräftigem, dabei aber biegsam geschmeidigem Hals; es ging im sanften, feierlichen Trab und hieß Ippomele. Wenn sie ihren Schimmel ritt, trug sie Weiß. Weiß waren ihr Mantel, ihr Schleier und der große Hut, der auf dem Schleier saß. Das andere Pferd war schwarz wie die Nacht, flink, reizbar und feurig; es hatte den zarten Körperbau einer Stute und einen langgestreckten Hals mit endlos langer Mähne. Es liebte den Galopp und reagierte unwillig auf Zügel und Trense. Dieses Pferd flog dahin wie ein Engel der Nacht und hieß Yvars. Wenn sie ihren pechschwarzen Yvars ritt, kleidete sich die Marchesa ganz in Schwarz. Schwarz war der Mantel, schwarz der Schleier und ebenso der Hut, der auf dem Schleier saß. Bianca von Challant war eine sehr schöne Frau.

Heiter und unbeschwert vergingen viele Tage in jenem Jahr, ehe sich Schnee und Frost einen düsteren, nicht enden wollenden Winter lang des Tals bemächtigten. Und allabendlich begab sich die Marchesa, allein oder in

Gesellschaft, auf ihren Ausritt vor Sonnenuntergang. Einige Male nahm auch der Herzog daran teil, und dann waren alle oder einige Äbte mit von der Partie und ließen ihn nicht aus den Augen.

Eines Abends, während er traurig an seinem Fenster saß und darauf harrte, die Marchesa ausreiten zu sehen, wurde der Herzog vom Pagen Irzio in den großen Saal der Burg gerufen, da die Herrin sofort mit allen reden wollte. An diesem Abend hatte die Marchesa auf ihren Ausritt verzichtet. Vergebens wartend blieben Ippomele und Yvars im Stall. Ein Zeichen, daß etwas Ernstes in der Luft lag. Und in der Tat war folgendes passiert.

Als die Gäste in den Saal herunterkamen, fanden sie die Marchesa bereits auf jenem wunderschönen Stuhl aus Kirschbaumholz sitzen, das mit der Zeit immer röter wird. Ihr schwarzes Haar war zu Zöpfen geflochten und um jeden Zopf eine Schnur milchweißer Perlen gewunden. Die Marchesa hielt ein Blatt Papier in der Hand und schickte sich an, es vorzulesen: »Allen hier in der Burg weilenden Herren wird auferlegt und empfohlen, jegliche Arznei, jegliches Destillat und jeglichen Aufguß, die sie aus Kräutern, Blüten oder Blättern gewinnen, in ihren jeweiligen Zimmern zu verwahren, dies gilt insbesondere für Gifte. Im Falle der Zuwiderhandlung wird man gegen die einzelnen Personen Maßnahmen ergreifen, gemäß der Umstände, der Art des Zaubertranks und der Folgen. Ein jeder wird davor gewarnt, verdächtige oder lebensgefährliche Säfte zu destillieren oder zu filtrieren und sie zudem noch unbeaufsichtigt in den Sälen der Burg oder in den anderen Räumlichkeiten herumstehen zu lassen.«

Um Sinn und Zweck dieser merkwürdigen Worte zu verstehen, muß man wissen, daß sich einige Tage zuvor ein bedauerlicher Vorfall ereignet hatte. Einer jener Säfte war nämlich durch Zufall dem Abt Umidio zum Verhängnis geworden. Es handelte sich um einen Saft aus Herbstzeitlosen. Und es geschah an einem Abend im Oktober.

Im Tal von Challant blühten noch jene hauchzarten, schwach lila Blumen, die aus einer kleinen weißlichen, tief in der Erde sitzenden Knolle Lebenskraft und die sehr seltene Farbe schöpfen, die den Wiesen im Herbst ihr eigentümliches Gepräge gibt. Sie duften nicht und heißen auch Cholchium, möglicherweise weil, wie einige behaupten, ihre Knolle aus dem fernen, geheimnisumwitterten Kolchis, dem magischen Land der Gifte, eingeführt wurde und aus ihnen ein giftiger Saft tritt.

An jenem heiteren Oktobertag war die Marchesa gegen Sonnenuntergang im noch warmen und wunderbar goldenen Licht des sich bereits dem Horizont zuneigenden Gestirns auf dem weißen Ippomele zu einem langsamen und gemächlichen Ausritt aufgebrochen. Unter dem weißen Cape trug sie eine zart lilafarbene Tunika, die vom Rücken des Pferdes herabfiel und die Erde streifte. Aber diesmal war sie nicht allein unterwegs. Mit ihr ritten ihre Hofdamen, Camilla direkt neben ihr, und auch Herzog Franchino, Abt Mistral und am Ende des kleinen Gefolges Venafro auf seinem mächtigen Rappen, eingehüllt in einen weiten schwarzen Samtmantel.

Venafro kannte alle Pflanzen und deren Eigenschaften und erklärte dem Herzog, wie tödlich die Kraft jener Blumen sei, die so zart und zerbrechlich wirken, welch wohltätige Wirkung aber ein tödlicher Saft haben könne, wenn man ihn in winzig kleinen Mengen zu sich nehme, um gewisse Atembeschwerden, gefährlichen Bluthochdruck oder Herzrasen sowie heftige Gliederschmerzen zu bekämpfen. Es gibt nichts Schlechtes, sagte er, das nicht auch etwas Gutes an sich hat, es gibt keine Missetat, die man nicht zur Wohltat machen könnte, es gibt nichts Negatives auf der Welt, das nicht auch eine positive Wirkung hätte. Der Herzog lauschte seinem Philosophieren, und auch die Frauen hörten ihm zu, während sie über die Hügel hinabritten, die von der Burg zum Tal und zu den mit Herbstzeitlosen übersäten Wiesen hin abfielen. Als sie dort angekommen waren, stiegen sie von ihren Pferden und ergingen sich lange in den blühenden Wiesen. Die Marchesa saß auf einem Felsblock, und ihre zart lilafarbene Mönchskutte breitete sich auf dem Gras wie eine große Herbstblume aus. Der Graf ließ sich zu ihren Füßen auf dem Boden nieder und sah sie an.

Unterdessen pflückten die Edelfräulein Blumen auf den Wiesen, und es war ein fröhlicher Anblick, die langen bunten Kleider übers Gras huschen zu sehen, eines himmelblau, ein anderes rot und ein drittes von der heiteren Farbe der Sonne. Dieses Fest auf der Wiese dauerte bis zum Sonnenuntergang. Als die Schwermut der länger werdenden Schatten das Tal erfüllte und zur Heimkehr gemahnte, kamen alle herbei, die Hände voller Blumen, um mit ihnen, in schöne Vasen aus Glas oder Silber gestellt, die Gemächer zu schmücken.

Während die Pferde auf dem Heimweg langsam zur Burg hinauftrotteten, erklärte Venafro den Damen, wie man den Saft der zarten Herbstzeitlosen gewinnt, indem man sie so lange kocht, bis die Heilkraft den Pflanzenfasern entweicht, die dann ausgepreßt und weggeworfen werden. Der kostbare Saft wird durch ein amarantrotes Sieb gefiltert und ergibt, mit reinstem Honig und Ingwer vermischt, jenen Zaubertrank, der, tropfenweise genossen, die schlimmen Krankheiten heilen, bei falscher Dosierung aber in den Gliedern die eisige Kälte des Todes hervorrufen kann.

Vielleicht hatte sich an dem langen Herbstabend jemand zum Zeitvertreib jenen Trank gebraut, der schädlich, aber auch wohltuend ist wie alle Dinge des Lebens, die zugleich eine heitere und eine traurige Seite haben und Freude oder Schmerz, Glück oder Leid bescheren können, weil die göttliche Vorsehung es so will, daß in allem Weinen und Lachen ineinander übergehen.

So geschah es, daß Abt Umidio, der fromme Mann, der an vielen körperlichen Gebrechen litt, sei es aufgrund des Alters, sei es wegen der kalten Burgmauern und des feuchten Windhauchs der Herbstnächte, daß also Abt Umidio, der immer brummend, ganz langsam und sich auf seinen Nußholzstock stützend die Treppen hochstieg und in seiner kleinen Kammer eine ansehnliche Menge an Ampullen und Fläschchen hatte, halb- oder randvoll mit Arzneien und geheimnisvollen Destillaten, welche die Schmerzen in den alten Gliedern lindern sollten und von denen er allabendlich, ehe er seine Leiden im Schlaf vergaß, wie aus einem Hoffnungsquell schöpfte, kurzum, daß Abt Umidio, dessen spärliche weiße Haare das kahle Haupt und das griesgrämige Gesicht umrahmten, am nächsten Morgen unerklärlicherweise tot war.

DIE REISE
DES ABTS NEVOSO

Die Begräbnisfeier für Abt Umidio war ernst und würdevoll, wie es seinem Stand und dem Rang seiner herrschaftlichen Gastgeber gebührte. Der Herzog wollte, daß in der Kirche die vom großen Gregor mehrstimmig gesetzten Psalmen Davids gesungen würden, und die Marchesa persönlich legte mit ihren weißen Händen auf den Grabstein, nachdem er in den Boden der Kirche eingelassen worden war, eine Girlande jener Blüten, die sie mit Weizengarben und anderen getrockneten Gräsern zu flechten pflegte, wenn der Herbst Laubwerk und Blumen von der Erde verbannte. Dann traten die Äbte im Kapitelsaal zusammen und beschlossen, daß einer von ihnen ins Tal zum Kloster Sant' Orso, aus dem Abt Umidio seligen Angedenkens stammte, hinabgehen und die Kunde vom schmerzlichen Hinscheiden des Mönches überbringen und sagen solle, daß er, selig entschlafen, nunmehr im Frieden der Gerechten ruhe. Zu dieser Aufgabe bestimmte das Los den Abt Nevoso, der noch jung an Jahren, ziemlich robust und beleibt, aber faul war und den Müßiggang mehr liebte als einen Ritt in herbstlicher Kälte. Noch weniger behagten ihm Pferde, vor denen er eine solche Heidenangst hatte, daß er sich zu seinen Reisen stets eines sanftmütigen Eselchens bediente, auf dem sich seine große Masse, gewichtig an Fleisch und Wissen, nur mühsam halten konnte. Recht höflich erbot sich Venafro, ihn auf der Reise zu begleiten, die wegen der steilen und unsicheren Abhänge einerseits und des drohenden Herbsthimmels andererseits nicht ungefährlich zu werden versprach.

Sie brachen auf. Venafro nahm seinen großen edlen Rabano fest am Zügel, damit er dem mühsamen Schritt des Eselchens folge, das mit gesenktem Kopf seine schwere Last trug. Es war ein kleines graues Eselchen und reichte mit seiner Kruppe gerade bis zum Bauch des Pferdes. Es hatte weder Schmuck noch Schellen, noch eine Quaste, und sein Herr sprach während der ganzen Reise nicht ein einziges Mal zu ihm und schenkte ihm kein gutes Wort, sondern trieb ihm große Sporen in den Bauch, damit es den Schritt beschleunige. Venafro betrachtete es von seinem mächtigen Rabano herab und dachte betrübt, daß man dem armen Tier nicht einmal einen Namen gegeben habe.

Auf die bewaldeten Hänge senkte sich der Nebel, getrieben von einem unverschämten feuchten Wind, und vor Kälte und Traurigkeit erschauerten Menschen und Tiere. Als sie in einer Berghütte Rast machten, kaufte Venafro gutes Heu für seinen Rabano und teilte es in zwei gleich große Haufen. Einen legte er vor das Eselchen hin und streichelte ihm den kalten, schweißnassen Hals. Das Tier dankte ihm, indem es das Maul an seinem Mantel rieb.

Im Kloster hielten sie sich nicht lange auf: Nevoso wollte dort nicht übernachten, und obwohl die Tiere, und vor allem der Esel, offenkundig müde waren, bestand er darauf, nach dem Mittagessen aufzubrechen. Doch war schon die Hinreise hart gewesen, so war der Heimweg noch härter. Bei jener hatte der Pfad meist nach unten geführt, bei diesem ging es fast nur bergauf. Zudem hatte sich der Nebel zu nassem Schnee verdichtet, der die Pfade aufweichte und sie rutschig machte. Rabano schlug sich wacker und mit sicherem Schritt, der Esel schleppte sich mühsam dahin und strauchelte im kalten Matsch.

Dort, wo der Aufstieg begann, schlug Venafro eine Rast vor, damit sich die Reittiere erholen könnten. Aber Nevoso wollte nichts davon wissen, weil er die Burg noch vor Einbruch der Dunkelheit zu erreichen hoffte, weil er fürchtete, daß der Schnee auf dem Weg frieren würde, weil er begierig war, in der wohligen Wärme des Kamins an einem reichlich gedeckten Tisch zu sitzen. Vergebens gab ihm Venafro zu bedenken, daß der Esel müde und der Weg noch lang sei, daß sie auch in einer Hütte unterwegs schlafen könnten. Nevoso hörte auf keine Argumente.

Und der Esel zog an mit gesenktem Kopf, den Rücken gekrümmt unter dem enormen Gewicht des Abts. Der Schnee fiel immer dichter und eisiger, während die beiden Männer allmählich vom Talgrund hinaufritten. Schweigend trotteten sie dahin. Venafro war sehr traurig. Plötzlich knickte der Esel mit den Vorderbeinen ein und fiel auf die Knie. Nevoso verfluchte ihn und versuchte ihn mit Hilfe der Sporen zum Aufstehen zu zwingen.

»Wenn Ihr nicht wollt, daß der Esel stirbt, werdet Ihr zu Fuß weitergehen müssen«, sagte Venafro. Der Abt gab keine Antwort. Fluchend gelang es ihm, sein Reittier wieder hochzureißen, und er saß auf. Keuchend legte der Esel noch ein paar hundert Meter zurück, aber der Aufstieg wurde zu steil, und seine Hufe glitten auf der gefrorenen Erde aus. Als die Burg hoch über dem Tal und der dicken Nebelschicht auftauchte, brach der Esel zusammen und riß im Fallen seinen Reiter mit. Der Abt befreite sich mit Mühe von dem Tier und wollte es wieder mit den Sporen aufscheuchen. Doch Venafro stieg vom Pferd, schob den Abt weg und zog den Esel an den Wegrand. Denn er war tot.

Und Venafro sagte nichts.

So kamen sie zur Burg, Venafro zu Fuß, in einer Hand den Zügel seines Pferdes, auf dem mit ungeheurem Wanst Nevoso thronte.

ENRICO DA MORAZZONE, ERFINDER

Seit einigen Tagen hatte es aufgehört zu schneien, und die Sonne strahlte wieder auf das schneebedeckte Tal. An einem dieser sonnigen Tage war es, als Enrico da Morazzone in der Burg anlangte und eine ganze Weile vor ihm bereits der Klang von Glöckchen, der vom Talgrund aufstieg und heiter durch die Lüfte erscholl. Alle kamen herbeigerannt, um zu schauen: Die Bauern traten aus ihren Hauseingängen, die Kinder kletterten auf die Bäume, die Alten schleppten sich zum Wegesrand, die Diener der Burg eilten auf die Mauern, um zwischen den Zinnen hindurchzulugen, die Damen zeigten sich an den Fenstern. Und die Marchesa begab sich auf den Balkon, von dem aus man einen Blick aufs Tal hatte.

Fröhlich näherte sich der Klang der Glöckchen, kam immer näher, bis endlich an der Biegung des Weges ein von zwei Pferden gezogener Karren erschien. Er war auf einen Schlitten montiert und wurde von einer hochgewachsenen Gestalt gelenkt, die aufrecht stehend mit der langen Peitsche knallte, so daß von den Bäumen die letzten Schneeflocken fielen, die sich zwischen den Zweigen verfangen hatten. Da sahen alle, daß das Geklingel von vielen winzigkleinen Glöckchen herrührte, die an die Geschirre der Pferde gebunden waren.

Enrico da Morazzone war groß, hager und in ein grünes Gewand gekleidet, das ihm von den Schultern geradewegs bis zu den Knöcheln herabfiel und in dem er, wenn er die Arme hob, wie ein langes grünes Rechteck aussah. Er knallte mit der Peitsche in die Luft zum Zeichen des Grußes. Dann erblickte er die Marchesa auf dem Balkon und verneigte sich vor ihr, wobei er die Hand zum Herzen führte. Und er stellte sich vor: Enrico da Morazzone, Erfinder. Sogleich kamen ihm etliche neugierige Kinder, alte Leutchen und Bauern entgegen, umringten den Karren, ließen die Glöckchen erklingen, streichelten die samtenen Geschirre und betasteten die geheimnisvollen Gegenstände, die sich auf dem Karren befanden, während die Pferde vor Wohlgefallen wieherten. Der Page Irzio, der Jüngling mit dem ersten Flaum und einziger Page der Marchesa, bahnte sich jedoch einen Weg durch die Menschenmenge und lud im Namen seiner Herrschaft den Erfinder an den Hof ein.

Es war jene angenehme Stunde des Mittags, in der sich die fröhlicheren Gemüter die Zeit bis zum Mahl mit vergnüglichen Gesprächen und freundschaftlichen Zänkereien vertreiben. Und beim Plaudern beschwichtigen sie den Appetit mit kleinen Schlucken unvermischten Weins, bald weiß, bald rot, doch immer sehr trocken und gehaltvoll. Solcherart beschäftigt waren die Herrschaften des Hofes, als Herr Enrico da Morazzone vom Pagen Irzio in den großen Saal der Burg geführt wurde. Er verneigte sich leicht auf der Schwelle und steuerte dann, ohne zu zögern, auf die Marchesa zu.

»Gebieterin«, murmelte er, kniete vor ihr nieder und küßte ihr lange die Hand. Die Marchesa lächelte und richtete den Unbekannten mit einer Handbewegung wieder auf. Sodann wandte er sich zum Herzog und verbeugte sich leicht, die Hand auf dem Herzen. Hierauf deutete er gegenüber Venafro eine Verbeugung an, die er rundherum im Kreis wiederholte, um sich schließlich auf einem Stuhl niederzulassen, den ihm der Page brachte. Er hob seinen Pokal zur Marchesa hin und trank einen langen Schluck, der ihm sehr zu munden schien; für einen Moment schloß er die Augen und begann dann folgendermaßen:

»Herrschaften, ich habe Euch meinen Namen genannt; doch der klingt Euren Ohren gewiß neu. Bis hierher ist mein Ruhm noch nicht gedrungen. Weit, weit weg von hier gibt es einen sanften Landstrich mit Weinreben und Olivenbäumen, wo im Winter die Mimose blüht und der Himmel die heitere Farbe des Meeres widerspiegelt. Dort liegt eine Stadt mit vielen Kirchen und Palästen, mächtig wegen ihrer Flotten und ihres Reichtums, eine Stadt zwischen Gebirge und Hafen, deren Wohlstand in ihren Schiffen und reichen Equipagen zutage tritt, in der Arbeit, die überall eifrig im Gange ist, in den riesigen neuartigen Maschinen, die die Waren von den Schiffen heben, und in den vom Wind geblähten Segeln der Schiffe, die in die weite Welt hinausfahren. Ihr Name ist Genua. Dort bin ich geboren. Dort lebte ich in Wohlstand und Ehren, bis die Torheit der Menschen oder das Schicksal mich meiner Heimatstadt zum Feind machte, so daß ich für immer und ewig von dort verbannt wurde. Es geschah wegen meiner Armbrüste. Ich hatte für meine Stadt bereits Spillen und Ladewinden, bewegliche Brücken und andere sinnreiche Maschinen gebaut und allen von mir ersonnenen Gerätschaften eine Kraft verliehen, die den meisten Leuten geheimnisvoll vorkam, so daß ich mir unter den Einfältigen und Unwissenden den Ruf eines Geisterbeschwörers erworben hatte. Vielleicht trieb mich die Kühnheit oder auch die Erfinderlust so sehr, daß ich mich vor lauter Stolz selbst übertreffen wollte. Und ich konstruierte jene Maschine, die die Krönung meiner Wissenschaft werden sollte, eine wunderbare und dennoch einfache Vorrichtung, die meinem Land und seinem

Heer größte Macht verleihen sollte, denn es war eine Kriegsmaschine, verderbenbringend, als würde sie von Riesen gehandhabt, doch so ersonnen, daß selbst ein schwächlicher Kranker oder ein Kind mit ihrer Hilfe tödliche Pfeile aussenden konnte. Es war eine Armbrust mit Stahlfeder, meine schönste Erfindung, von der ich mir den Ruhm der Welt und die Anerkennung meiner Mitbürger versprach. Doch der Neid der Mächtigen und das boshafte Schicksal, das einem dort, wo man sich am meisten erhofft, am meisten schadet, trafen mich gerade wegen jener Armbrust, auf die ich solch liebevolle Sorgfalt verwendet hatte. Es handelt sich um eine Armbrust, deren Bogen man statt, wie gewöhnlich, mit der Kraft der Arme, mit Hilfe eines Schlüssels spannt, der, wenn man ihn dreht, eine starke Stahlfeder aufspult: Man legt das Gerät an, spannt es, löst die Feder, und das Geschoß geht ab wie von der Kraft eines Riesen getrieben. Selbst ein Greis, ein Kind, ein Kranker kann mit dieser wunderbaren Maschine in der Schlacht gegen ein feindliches Heer kämpfen. Aber als ich dem Rat der Stadt meine geliebte Maschine vorführte, lachten diese Tölpel, blind vor Neid, und erklärten, die Arme der Genueser benötigten keine Stahlfeder und hätten auch ohne solche Kniffe jede Schlacht gewonnen. Tief im Herzen von der Zurückweisung verletzt, verkaufte ich die Armbrust sodann an die Herren von Pisa. Es war die Zeit, als die mehrmals von den Genuesen besiegten Pisaner nur über wenige kampftaugliche Männer verfügten und auf die Schiffsdecks Kinder und alte Männlein riefen und Leute, die ihr bisheriges Leben mit dem Lesen verstaubter Bücher zugebracht hatten. Die Pisaner machten sich keine Hoffnungen auf einen Sieg, wenn nicht ein Wunder geschähe. Dieses Wunder bewirkten meine Armbrüste, von denen die Pisaner Hunderte nach meinem Bauplan herstellten. Und ich bekam dafür dreißig französische Scudi. Aus Genua hingegen wurde ich für den Rest meines Lebens verbannt und *in effigie* verbrannt, damit ich niemals mehr in das Land zurückkehre, das ich liebe. Nun verkaufe ich meine Apparaturen auf den Märkten der Welt, ohne Vaterland, ohne Heim, im Schnee der Berge, weit weg vom Meer, das ich jeden Tag sah, blau gekräuselt unter dem Himmel ...« Hier schwieg er und trank mit düsterer Miene aus seinem Pokal.

»Jene dreißig Scudi«, setzte er hinzu, »gab ich aus, um den Karren, die beiden Pferde und bronzene Glöckchen in dreierlei Größen zu kaufen.«

»Glöckchen in dreierlei Größen?« fragte die Marchesa.

»Ja, Gebieterin. Die Glöckchen, die Ihr vielleicht beim Trab meiner Pferde habt klingeln hören. Fünf Scudi kostete mich der Karren, zwanzig die Pferde, ausgezeichnete Tiere, auch zum Reiten; da blieben mir noch fünf Scudi, die ich gut anzulegen gedachte, indem ich Glöckchen aus Bronze kaufte, die fast wie silberne klingen. Es waren die letzten Scudi, die ich noch hatte, und ich mußte sie gut anlegen.«

»Das verstehe ich nicht, mein Herr«, schaltete sich der Herzog ein, »warum dachtet Ihr, sie gut anzulegen mit dem Kauf von Glöckchen in dreierlei Größen ...«

»Weil mir nichts Schönes mehr auf der Welt geblieben war, mein Herr, wollte ich, daß mich zumindest das Klingeln der Glöckchen an vergangenes Glück erinnere oder auf die Zukunft verweise, sollte es denn je eine für mich geben. Und wenn die Freude nicht in meinem Herzen wohnt, muß ich mir einbilden, es gebe sie an irgendeinem Ort, wo ich nicht bin, und sie denen bringen, die voll Haß sind, denn die Freude ist das Prinzip des Lebens und alles Guten, das auf der Welt geschieht, so daß, wo es keine Freude gibt, man sie erfinden, sie sich einbilden und anderen vermitteln muß.« Und nach einer Pause fügte er hinzu: »Meine Pferde zumindest erfreuen sich an den Glöckchen, die ihnen die Mühe des Aufstiegs erleichtern und die Langeweile vertreiben, wenn sie im Nebel dahintraben müssen.«

Als der Erfinder da Morazzone solcherart gesprochen hatte, schwiegen alle und überlegten, wie seine Worte zu verstehen seien. Venafro stand auf, schenkte allen zu trinken ein und sagte, daß er sich, wenn man geruhsam und fröhlich getafelt habe, gern die Geräte des Herrn Enrico anschauen würde, da er bereits seit einiger Zeit zunehmend größeres Interesse in sich verspüre für diese Wissenschaft, die den Menschen die Mühen der Arbeit und des Lebens erleichtern will. Inzwischen kamen die Diener, um die Tische zu decken. Doch auch während des Essens drehte sich das Gespräch um die Maschinen und die Macht, die sie dem Menschen verleihen, und um die Schönheit, die Bewegung, das fast greifbare Wunder zu sehen, wie eine zunächst zusammengedrückte Feder losschnellt.

»Außer der Feder, die von allen Vorrichtungen am einfachsten ins Werk zu setzen ist, stellt uns die Natur unendlich viele andere Möglichkeiten zur Verfügung, um Bewegung zu erzeugen. Der Mensch braucht nur im großen Buch der Natur zu lesen, und er wird auf jeder Seite, die er aufschlägt, Anleitungen finden, Erstaunliches zu vollbringen und das zu erzeugen, was dem Leben dient, und auch das, was nicht dient, sondern so verlockend ist, daß es für notwendig erachtet wird.«

»Kennt Ihr noch andere Arten, etwas in Bewegung zu setzen, Herr?« fragte Venafro, der am meisten von allen an diesen Gesprächen interessiert schien. Enrico da Morazzone sah ihn mit seinen ein wenig mißtrauischen blauen Augen lange an. Dann lächelte er und antwortete:

»Gewiß, mein Herr. Es genügt ein Temperaturunterschied, um eine Bewegung zu erzeugen. Man entzünde ein großes Feuer, und die erwärmte Luft wird nach oben steigen wie ein schwereloser Körper. In die Leere, die von der warmen Luft hinterlassen wird, strömt kalte ein, die mehr wiegt, und schon entsteht eine Bewegung, die, zweckmäßig eingefangen, verwendet werden kann. Die Sonne, dieser große Feuerball, der immerfort brennt, ruft bereits eine solche Bewegung in der Luft hervor, und zwar dort, wo die sogenannten Passatwinde entstehen, die sich unaufhörlich wie eine große Maschine zwischen jener heißesten Zone der Erde, die man Äquator nennt, und dem nördlichen und südlichen Wendekreis bewegt.«

Alle schwiegen nachdenklich und versuchten angestrengt, das schwierige Gesprächsthema zu erfassen, schwierig vor allem für diejenigen, die nur die schräge Bahn der Sonne in den nördlichen Gefilden und den von Bergketten unterbrochenen Horizont kannten.

»Diese Bewegung«, fuhr der Erfinder fort, »vollzieht sich gleichmäßig und ohne Unterbrechungen, so daß man sie als jenes viel besprochene *perpetuum mobile* bezeichnen kann, das stets die geheime Hoffnung und Sehnsucht jeder Wissenschaft gewesen ist.«

»Aber könnte man denn«, unterbrach ihn Venafro, »eine Maschine konstruieren, die sich unaufhörlich durch die Kraft jener Winde bewegt?«

»Vielleicht«, antwortete der Erfinder gedankenverloren. »Doch das erfordert höchste Begabung und Instrumente von solchen Ausmaßen, daß sie den Wind einfangen können. Und ich selbst bin noch nie in jenen Gegenden gewesen, wo die Passatwinde wehen. Davon habe ich nur Leute erzählen hören, die an den Kreuzzügen teilgenommen haben und von den Arabern davon erfuhren. Es sind ferne Dinge, und deshalb erscheinen sie uns als unwirklich. Aber als ich auf dem Meer von meinem Schiff aus, das den Namen ›Odysseus‹ trug, meine Experimente machte, entdeckte ich ein anderes Prinzip der dauernden Bewegung, das man überall durchführen kann, wo es Wasser, Meer oder Teich oder auch nur einen Bach gibt.«

Hier hielt er inne und sah Venafro aufmerksam an.

»Ihr wißt doch, was Archimedes über den Auftrieb aussagt, den Körper im Wasser von dem elastischen Element erfahren, das sie nach oben drückt und schwimmen läßt, und sie schwimmen um so besser, je größer ihre Ausdehnung auf dem flüssigen Element ist. Nun gut, nach diesem Prinzip habe ich sehr schöne Maschinen konstruiert, die sich dauernd bewegen und Bewegung erzeugen. Aber meine schönsten Erfindungen sind jene, die sich durch die zusammengepreßte Feder bewegen.«

Als das Mittagessen beendet war, zeigte er Venafro die schönste, die ihm liebste seiner Erfindungen.

»Dies hier, mein Herr, ist die Maschine, die die Äpfel vom Baum fallen läßt.« Venafro sah ihn schweigend an. Und der Erfinder fuhr fort: »Sie ist aus einem hohlen Baum gemacht, durch den eine Stahlfeder läuft; vom Baum zweigen kleine Äste ab, ebenfalls hohl und im Inneren von Federn durchzogen, die mit der Zentralfeder verbunden sind. Am Ende jedes Ästchens sitzt ein Löffel, der sich, wenn die zuerst mit einer Schraube angezogene Feder losgelassen wird, zu drehen beginnt und sich immer heftiger dreht, bis die Kraft der Feder erlahmt. Stützt nun jeder Löffel einen Apfel, einen schönen, roten Apfel, so wird jeder Apfel unaufhaltsam vom Baum herabpurzeln, wenn es also sieben Äste sind, werden sieben schöne Äpfel durch ein und dieselbe Bewegung und Kraftaufwendung gleichzeitig herunterfallen.«

»Aber wozu soll ein solches Instrument nütze sein, selbst wenn es so vortrefflich ist?« Der Erfinder betrachtete ihn mit einem leichten Anflug von Spott. »Wer sagt denn, daß es zu etwas nütze sein soll? Die Maschine an sich ist vortrefflich und prachtvoll und muß sich nicht auch noch als nützlich erweisen. Und außerdem«, fuhr er mit gedämpfter Stimme fort, »selbst wenn die Maschinen nützlich sind, macht ihre Herstellung den Menschen viel mehr Arbeit und Mühe, als demjenigen erspart wird, der sie dann benutzt. Aber die Maschine ist wie eine Sirene, die die Menschheit lockt und zu ihrer Sklavin macht. Der Tag wird kommen, da die Menschen sich abmühen, genau wie jetzt und vielleicht noch mehr, um Maschinen zu bauen, die ihnen die Mühsal, zu Fuß zu gehen, die Felder zu pflügen, und alle möglichen sonstigen Tätigkeiten erleichtern. Der Tag wird kommen – wenn auch erst in ferner Zukunft –, da der Mensch, jener, der heute Bauer ist und beim Morgengrauen aufsteht, um bei Regen und Nebel auf seine Felder zu gehen, nicht mehr Bauer sein, aber dennoch beim Morgengrauen aufstehen wird, um sich bei Regen und Nebel in langen, langsam dahinschleichenden Wagenschlangen in riesige Werkstätten zu begeben, wo man die Maschinen baut, die ihn von der Mühsal des Laufens befreien sollen.«

»Er wird dann also keinerlei Mühe mehr haben?«

»Er wird die gleiche Mühe haben, Bolzen anzuschrauben, Blech zu schlagen und hundert andere Arbeiten zu verrichten.«

»Aber warum dann Maschinen bauen? Dann kann man ja auch weiter zu Fuß gehen.«

Diesmal lächelte der Meister ganz offen. »Die Maschine ist wie ein Zauberstück; im Grunde kann man darauf verzichten. Und doch erweist sie sich als notwendiger denn Brot, notwendig wie die Luft, die unsere Lungen atmen. Aber bis dahin wird noch viel Zeit ins Land gehen, seid unbesorgt, mein Herr.«

Mit diesen Worten zog er vom Karren eine Art großen Korb, der auf einem eisernen Rahmen befestigt war.

»Das ist ein Schlitten mit Stahlfeder, mein Herr. Sehr gut geeignet für Leute, die nicht gern aufs Pferd steigen, wenn viel Schnee liegt und man nicht zu Fuß reisen kann. Man fährt in dem Schlitten von einem Abhang hinunter. Der Mechanismus ist so konstruiert, daß die Feder sich während der Abfahrt von selbst aufzieht und genug Kraft ansammelt, um den Schlitten beim Aufstieg nach oben zu stoßen. So bewältigt er mit der Kraft der Stahlfeder den Anstieg und lädt sich hernach während der Abfahrt wieder auf, um hierauf den Fahrer von neuem nach oben zu befördern.«

Hier schwieg der Erfinder, während Venafro über diesen Schlitten nachsann und ihm verschiedene Gedanken durch den Kopf gingen.

»Wieviel wollt Ihr dafür, Herr?«

»Zwanzig französische Scudi«, antwortete der Erfinder kühn. Er bekam zehn und zog zufrieden von dannen.

An jenem Abend schenkte Venafro den Schlitten dem Abt Nevoso, weil er daran dachte, wie sehr dieser es haßte, im Schnee zu laufen, und wie ungern er ein Pferd bestieg, nun da das arme, unglückliche Eselchen unterwegs verendet war. Nevoso wollte den Schlitten gleich am nächsten Tag ausprobieren und nichts hören von Ratschlägen, die ihm Venafro vorsichtshalber gab. Der Erfinder sei abgereist, sagte er, und das Gerät womöglich nicht ganz in Ordnung. Nevoso indes fuhr auf dem Schlitten den Abhang hinunter zum Fluß, überwand glücklich einige Buckel und stürzte dann, wie der Herrgott es wollte, ins Wasser, das im Talgrund dahinfloß.

Venafro mußte eine lange Strecke den Fluß hinabgehen, um die im Schlamm und Niederholz steckenden Teile zu finden. Den Abt hingegen entdeckte er ganz in der Nähe, natürlich mausetot.

DAS BEGRÄBNIS

Die Begräbnisfeier für Abt Nevoso war des Verblichenen sowie derer würdig, die ihn beweinten. Marchesa Bianca und alle ihre Hofdamen trugen Weiß, die Farbe, die, wenn man will, Trauer bedeuten kann und die gut zum stillen Weiß des schneebedeckten Tals paßte. Am Tag der Exequien schneite es nicht, aber der Himmel war so weiß wie die verschneite Erde: Das Gefolge, das die Damen bildeten, hob sich nur durch die ausgesuchte Eleganz der Kleider vom weißen Grund ab. Die Marchesa, die auf ihrem Schimmel Ippomele den Leichenzug anführte, trug einen Mantel aus schneeweißem Fuchspelz, der so lang war, daß er zum Teil auch das Pferd bedeckte. Auf dem Kopf saß ihr ein großer weißer Hut, von dem ein blendendweißer Schleier herabhing, der die langen pechschwarzen Haarflechten verhüllte.

Hirten und Bauern säumten den Weg des Trauerzugs und freuten sich im Grunde ihres Herzens über die Gelegenheit, die ihnen diesen seltenen Augenschmaus bot. Das Damengefolge gefiel ihnen am besten, an zweiter Stelle kam der Zug der schwarzen Äbte, die jetzt nur noch zu zehnt waren, und dann die Reihe der Herren, bestehend aus dem Herzog und Venafro, beide schwarz gekleidet, dem Pagen Irzio, Kammerdienern und Knappen. Alle Zaungäste harrten aus, bis der Reiterzug im großen Portal der Burg verschwunden war. Und das Tal lag wieder verlassen da. Nur der zertrampelte Schnee und die zahlreichen dampfenden Spuren der Pferde zeugten noch von dem Ereignis.

Als sich die Zugbrücke hinter dem edlen Gefolge geschlossen hatte, trennten sich die beiden Welten wieder, die zuvor ganz flüchtig miteinander in Kontakt gekommen waren: Draußen blieben die Kälte, die Mühsal und die Not; auf das stumme Staunen folgte der stumme Groll, während die trügerische Bewunderung mit dem kurzen Herbsttag erlosch. Und auf den schneereichen Herbst folgte nun der Winter.

Drinnen in der Burg wurden sämtliche Öllampen und Kerzen entzündet, und jeder bemühte sich, mit allen erdenklichen Mitteln die Langeweile zu vertreiben: Man würfelte und spielte Schach, man trug Lieder vor und plauderte.

»Ich habe gehört«, sagte die Marchesa, »daß ein Handwerker aus Frankreich die schönsten Schachfiguren fertigt, die man je gesehen hat. Er schnitzt sie aus Ebenholz und aus Rosenholz, und sie sind fast so groß wie ein Mensch, und man spielt mit ihnen im Garten oder auf der Terrasse oder im größten Saal der Burg.«

»Es wäre herrlich, Gebieterin«, sagte der Herzog, »wenn wir solche Schachfiguren bekommen und mit ihnen wie mit menschlichen Personen spielen könnten. Sobald es der Zustand der Wege erlaubt«, fügte er hinzu und wandte sich an Venafro, »sollten wir uns aufmachen, um dergleichen Schachfiguren zu erwerben, egal wo, und sei es auch in Frankreich.«

»Und ich habe gehört«, schaltete sich Edelfräulein Maraví ein, »daß man ganz prachtvolle Kegelspiele in einer Stadt namens Arezzo herstellt, weit weg von hier, jenseits des Po und des Apennin. Es heißt, dort schnitze ein sehr berühmter Handwerker Kegel, die so groß wie ein Mensch sind und dessen Gesichtszüge tragen, so daß man ihm sagen kann, wem die Figur gleichen soll.« Und dabei schüttelte Maraví, die vom Hof der Anjou in

Neapel kam, lächelnd ihre roten Locken, die, oben am Kopf zusammengefaßt, ihr in langen Strähnen auf die Schultern fielen.

Die Herrschaften waren sich alle einig, daß man, sobald der Schnee ein wenig schmolz, jemanden nach Arezzo und nach Frankreich schicken sollte, um dem Hof solche Wunderwerke zu beschaffen.

Nun rückte die Stunde des Abendessens heran. Der Page Irzio kam herbei, um der Marchesa mitzuteilen, daß, wie von ihr befohlen, das Bad für sie bereitet sei, in dem sie die Spuren des Ausritts, der Müdigkeit und der Trauerfeier von ihrem Körper tilgen wollte. Während die Diener die Tische deckten, begab sich also Bianca, begleitet vom Pagen, in ihre Gemächer. Um die Wartezeit zu verkürzen, gab sie Venafro die Anweisung, in einem großen Kessel heißen aromatisierten Rotwein zubereiten zu lassen: Er selbst nahm sich vor dem Kamin des Saales der Sache an, versetzte den Wein reichlich mit Zimt, Nelken und Honig, während der schwere Rebensaft zu sieden begann und der aufsteigende Duft sich im ganzen Saal verbreitete. Man trug große silberne Pokale herbei, und allen wurde süßer Glühwein kredenzt, der aus den Gliedern die Kälte und aus den Gemütern die Traurigkeit vertrieb. Nachdem er einen Pokal voll getrunken hatte, füllte Venafro ihn ein zweites Mal und verließ den Saal. Er ging, um an die Tür der Marchesa zu klopfen, die inzwischen dem Bad entstiegen sein mußte. Und wirklich fand er sie auf einer bequemen, mit Fellen bedeckten Liege hingestreckt, angetan mit einem weißen Hemd und das lange Haar gelöst, das der Page Irzio mit einem Elfenbeinkamm zu kämmen begonnen hatte. Das Gemach war erfüllt von wohlriechendem Dunst, warm und süß, so daß es schien, als ende der Winter draußen vor der

Tür. Es duftete nach Rosenwasser, und das Zimmer war von großen, mit Rosenessenz versetzten Wachskerzen hell erleuchtet. Venafro verneigte sich und reichte der Marchesa den Pokal. Sie trank daraus, sah den jungen Mann dabei an und lächelte. Eine leichte Röte überzog ihr Gesicht, während die Glut des Weins die vom Wasser erquickten Glieder entzündete.

»Kommt, Gebieterin, das Mahl steht bereit«, sagte Venafro und nahm ihre Hand.

»Ich muß mich zuerst anziehen«, entgegnete sie, nahm aber dennoch die Hand, die der Mann ihr reichte.

»Nein, kommt doch so. Ihr seid sehr schön, Gebieterin.«

Einen Augenblick lang blickte sie ihn unsicher an, dann lachte sie, warf sich den langen Weißfuchsmantel über die Schultern und ließ sich von Venafro an der Hand nach unten führen. Als sie den Saal betrat, vermischte sich der Duft des Rosenwassers mit dem süßen Aroma des Weins, und ein Schwall warmen Dunstes breitete sich im Saal aus. Der Herzog geleitete die Marchesa zu ihrem Stuhl am Kopfende des Tisches und rückte seinen eigenen so nahe heran, daß er ihr Gewand streifte und dessen Wärme spürte.

Unterdessen waren die Äbte verstummt und sahen einander entsetzt an. Doch dann trat hinkend und schwerfällig der dicke Abt Torchiato aus der Gruppe seiner Mitbrüder hervor und begann, die Marchesa wegen ihres Aufzugs, der aufgelösten Haare und des Dufts wortreich zu tadeln, und schloß vorwurfsvoll: »Ein Bad, und das zu dieser Tageszeit!«

Alle wandten ihm ihre Blicke zu. Die Marchesa ließ ihn reden, solange er wollte. Als der Abt, atemlos und hochrot im Gesicht, denn er litt unter zu hohem Blutdruck, endlich schwieg, lächelte ihn die Marchesa an, hob ihren Becher zu ihm hin und sagte:

»Ihr solltet nie vergessen, Herr, daß Ihr über mich keine Macht habt.«

Torchiato verschlug es die Sprache, er schaute sich um und suchte die Blicke seiner Mitbrüder; er sah seinen Fehler ein und setzte sich gedemütigt hin. Gedemütigt vor allem von jenem erniedrigenden »Herr«, das die Marchesa an passender Stelle und für alle vernehmlich in ihre Erwiderung eingeflochten hatte.

Der Herzog schien nichts davon bemerkt zu haben. Er betrachtete die Marchesa mit verschleiertem Blick, atmete ihren Duft ein und beschäftigte sich vielleicht im Geiste mit den Versen eines Madrigals. Nur wenig nahm er zu sich und sprach während des ganzen Mahls kein einziges Wort. Auch Venafro war schweigsamer als sonst und sah die Marchesa nachdenklich und mit etwas traurigen Augen an, wie es seine Art war. Hin und wieder schienen sie aufzuleuchten, immer dann nämlich, wenn sich sein Blick mit dem der Marchesa traf. Doch ob dies oft geschah, weiß ich nicht.

An dieser schweigsam verlaufenden Mahlzeit nahm noch ein weiterer Mann teil, der die Augen nur selten von der Marchesa wandte, von einem Lächeln durchzuckte graue Augen, die von jener Stelle ihres Gewands magisch angezogen zu sein schienen, wo sich der Pelzmantel um den Ausschnitt des weißen Hemdes schmiegte und das Weiß des Fuchspelzes auf der alabasternen Blässe des Halses spielte; und plötzlich, vielleicht ausgelöst durch irgendwelche geheimen Gedanken, trat ein Leuchten in diese Augen, und ein fast unmerkliches Lächeln sprang von ihnen auf die schönen Lippen mit dem feinen herabhängenden Schnurrbart über, so daß das ganze Gesicht einen Ausdruck von Wonne und Verschmitztheit annahm. Der junge Abt Mistral trank viel an diesem Abend, doch nicht mit der Leidenschaft, mit welcher der Herzog dem Wein zusprach, und auch nicht mit der sanften Wehmut, die Venafro umfing. Mistral trank mit einer Miene inneren Übermuts, wie ein siegreicher Krieger auf das Glück in einer zukünftigen Schlacht, ein Krieger, in dem jede Schlacht noch größere Kampfeslust entzündet, der eines mit Freuden und mühelos errungenen Sieges gewiß ist und ihn in Gedanken bereits auskostet. Dann frohlockt das Herz des Kriegers, und die Augen verraten die Spannung des leidenschaftlichen Kämpfers und zugleich die ruhige Gewißheit des Siegers.

Die Tischgesellschaft löste sich an jenem Abend schon bald nach dem merkwürdig schweigsamen Mahl auf; die Marchesa zog sich in ihre Gemächer zurück, und auch die anderen verabschiedeten sich nach und nach. Zurück blieb nur der Herzog, wie betäubt auf seinem Stuhl sitzend. Der Anblick der Marchesa beherrschte ihn noch immer, und er konnte seine Augen nicht von dem Stuhl wenden, auf dem sie gesessen hatte. Dann stand er auf, näherte sich diesem Sitz und strich mit der Hand darüber hin, als liebkose er ihn, als wolle er eine Spur ihrer Wärme, ihres Duftes erhaschen. Er kniete vor dem Stuhl nieder und legte sein Haupt darauf, und so verharrte er lange, während die einzige Lampe, die noch brannte, die letzten Zuckungen machte und langsam erlosch, weil niemand daran gedacht hatte, Öl nachzugießen.

DAS LAMBRUSCO-FEST

Viele Tage vergingen in dieser seltsamen Atmosphäre unterdrückter Leidenschaften, aufkeimender Hoffnungen und dumpfer Mutlosigkeit. Es waren düstere Tage mit schwachem, verschleiertem Sonnenschein, leisem Schneefall, wenig Licht, langen und für etliche Gäste der Burg schlaflosen Nächten. Spät und trist ging die Sonne auf, es wurde nicht richtig hell, früh setzte die Dämmerung ein, und die langweiligen Abende schienen nicht enden zu wollen. Kaum einer von den Herrschaften oder dem Dienstpersonal verließ die Burg. Es war, als habe sich die Welt auf diese bezinnten Mauern zusammengedrängt, beschränkt auf Sehnsüchte und Leidenschaften, die im verborgenen glühten.

Der Herzog sorgte dafür, daß alle Fenster geschlossen wurden, ehe er einen Raum betrat. Und zu diesem Zweck ließ er stets den Pagen Irzio vorausgehen, der die Aufgabe hatte zu kontrollieren, ob jede Öffnung nach draußen sorgsam mit ihrem Riegel versperrt war. Der Herzog saß ganze Tage lang zusammengekauert auf seiner Bank, eingehüllt in Pelze, und haderte mit dem Schicksal, das ihn in diesen abscheulichen Winkel der Erde verschlagen hatte, wo der Frühling einzieht, wenn es anderswo schon Sommer ist, und der Herbst anbricht, bevor der Sommer begonnen hat. Und er erzählte allen von der fruchtbaren Ebene, in der er geboren wurde, und den herrlichen Früchten, welche die dortigen Böden hervorbringen, auf denen der Wein gemeinsam mit den zuckersüßen prallen Feigen reift, wo der lange, heiße Sommer die Adern für das ganze Jahr mit Wärme füllt und wo der kurze, wenn auch strenge Winter weniger trostlos erscheint, weil sich die Leute mit zahllosen heiteren Beschäftigungen die Zeit vertreiben. Man schlachtet die fetten Schweine und kocht ihr dampfendes Blut und andere schmackhafte Teile und pökelt die besten Fleischstücke auf manch köstliche Art; von den Spalieren werden die leicht eingetrockneten Weintrauben gepflückt, die noch süßer sind als die frischen; man schneidet die riesigen Kürbisse mit ihrem gelben, süßlich schmeckenden Fruchtfleisch auf und bereitet daraus tausenderlei Gerichte und unzählige Süßigkeiten.

»Wißt Ihr, Gebieterin«, sagte der Herzog und wandte sich zur Marchesa, die soeben ein Fenster geöffnet hatte, um ihr rosiges Gesicht dem kalten Winterwind darzubieten, worauf er die fatale Öffnung sogleich wieder schloß, »wißt Ihr, daß die Hofköche aus den gelben Kürbissen die beste und raffinierteste Gemüsesuppe bereitet haben, die je ein menschlicher Gaumen genossen hat? So köstlich war diese Suppe, daß man sie gewöhnlich mit einem ärmlichen Gericht der mantuanischen Bauern servierte, das aus den Resten bereitet wird, die beim Schlachten eines Schweins anfallen. Wenn nämlich alles Fleisch des Schweins gekocht oder auch eingesalzen ist, bleiben die warmen, blutigen Eingeweide übrig, eingehüllt in eine dicke, fette Haut; und aus dieser Haut gewinnen unsere Bauern ihren frugalen Leckerbissen. Sie erhitzen sie über dem Feuer und lassen das Fett aus, das dann das ganze Jahr über verwendet wird. Was danach noch übrigbleibt, kommt in eine große heiße Pfanne, und es werden kurze Fleischstückchen daraus, die man, geröstet und noch ganz heiß, mit viel Salz bestreut und sofort ißt. Und da merken die Landleute, daß diese Grieben, begleitet von jenem herben Weinchen mit Namen

Lambrusco, etwas so Leckeres sind, daß sie sogar dem verwöhnten Gaumen der Herrschaften munden und den Magen auf die erlesenen Gänge einstimmen, die noch folgen. Man ißt sie besonders an den kältesten Tagen, um den Magen zu Beginn der Mahlzeit aufzuwärmen. Danach werden dann jene Kürbistaschen aufgetragen, das raffinierteste Gericht, das sich aus Kürbissen herstellen läßt.«

Hier schwieg der Herzog, ganz verzückt von seinen Erinnerungen, und riß sich von ihnen erst wieder los, als ihm die Marchesa die Hand auf die Schulter legte und freundschaftlich sagte:

»Auch wir haben Schweine und Kürbisse, und man könnte diese Mahlzeit nach Art Eurer Heimat zubereiten, mein Herr, und sogar den von Ihnen genannten Wein dazu trinken, den wir aus der Poebene kommen lassen werden, und all das wird Euch darüber hinwegtrösten, daß Ihr in diesem kalten und ungastlichen Landstrich leben müßt ...«

Der Herzog sah die Marchesa lange an, nahm dann ihre Hand und küßte diese noch länger.

»Gewiß«, mischte sich Venafro ins Gespräch ein, »wir müssen ein solches Mahl bereiten, damit uns vom Essen und vom Wein warm ums Herz wird und wir den Winter vertreiben und die Sorgen vergessen, die uns bedrücken.«

Bei Venafros Worten schienen alle aufzuwachen, und der Herzog, Venafro selbst und der Page Irzio machten sich sogleich daran, das Benötigte zu beschaffen. Schweine gab es in den Ställen der Burg mehr als genug; aus der Ebene ließ man riesige Kürbisse kommen, die außen grün und knorrig, innen aber zart und gelb waren. Als am schwierigsten zu beschaffen erwies sich der Lambrusco, denn das Land, das sich zu Füßen dieser Berge ausdehnt, bringt viel erlesenere Weine hervor, als der Lambrusco einer ist, aber eben keinen solchen. Und gerade den wollte der Herzog haben. In dieser Angelegenheit schaltete sich nun Abt Torchiato ein, der zwar ein großer Weinkenner war, den Lambrusco aber noch nicht kannte, wie alle jene, die noch nie das Tal verlassen hatten. Und sogleich nahm er es auf sich, für ein großes Faß dieses Weins zu sorgen, weil er, so sagte er, jene unverzeihliche Wissenslücke schließen und von diesem Wein kosten wolle, ehe der Tod ihm den Sinn für leibliche Genüsse raube. Und da die Äbte über großen Einfluß in der Welt verfügen, der selbst den Fürsten und hohen Herren versagt ist, schickte er Diener und Boten auf die schneebedeckten Straßen, setzte Laien- und Ordensbrüder in Bewegung, welche die Kunde von Kloster zu Kloster weitertrugen, bis sich schließlich am Ende solch großer Nachforschungen im Keller eines obskuren Priesters von San Vincente ein großes, noch nicht angebrochenes Faß mit Lambrusco fand. Dieses wurde aus dem Haus getragen, bezahlt und auf einem stabilen Karren transportiert, den zwei langsame, äußerst kluge Pferde zogen, die den steilen Weg bewältigten, der zur Burg hochführt, ohne durch Erschütterungen den dickflüssigen Bodensatz des Fasses aufzuwirbeln. Ebenso sachte hoben es dann im Burghof zwölf Diener herunter, trugen es in den großen Saal und stellten es auf einen Tisch, wo es, von niemandem angerührt, eine Woche lang stand, damit sich der Wein, sollte er während des Transports dennoch etwas getrübt worden sein, langsam und in aller Ruhe setzte, um wieder seine alte Klarheit zu erlangen. Tagelang bewachte ihn der gute Torchiato mit sehnsüchtigem Blick, während unterdessen die anderen Vorbereitungen eifrig im Gange waren. Die großen Kürbisse wurden auf dem Herd der Küche im ganzen gebraten, und der Herzog persönlich ließ mit einem langen Holzlöffel das zarte, süßliche Innere herauslösen, sodann süße und bittere Mandeln im Mörser zerstoßen, die zu dem ebenfalls zerkleinerten Fruchtfleisch gegeben wurden. Darauf wog er mit eigenen Händen die allerkostbarsten Gewürze ab: Muskatnuß, Pfeffer und Zimtpulver, und das in viele kleine Häufchen geteilte duftende Gemisch wurde in einen Teig aus Eiern, Salz und Mehl gewickelt, so daß viele gleich große kissenähnliche Gebilde entstanden, gebläht und wohlriechend, gelb und zart. In der Zwischenzeit ließen die Diener das fette Netz aus, das die Gedärme des Schweins umgibt: Es war eine langwierige Arbeit, weil dies bei niedriger Hitze geschehen mußte, damit im Kessel nichts anbrannte. Was dann übrigblieb, Fleischbröckchen, Fasern und anderes, wurde in eine auf Holzkohlen erhitzte Kupferpfanne geworfen. Hier brutzelten, dampften und prasselten die Reste, während das letzte noch verbliebene Fett schmolz, und sie sprangen in der von kräftigen, dichtbehaarten Armen geschickt gehandhabten langstieligen Pfanne und schrumpften zu knusprigen Grieben zusammen, die, noch ganz heiß, reichlich mit gestoßenem Salz und Pfeffer bestreut und in eine große Kupferschale geschüttet wurden. Ein Diener trug sie sofort zur Tafel, wo die Herrschaften bereits warteten und Venafro von dem Faß schon viele Becher Wein gezapft und reihum an alle Tischgenossen verteilt hatte. Als die Schale mit den heißen, dampfenden Grieben gebracht wurde, streckten alle voll Verlangen die Hände danach aus, und die gesalzenen und gepfefferten Köstlichkeiten tilgten den herben Geschmack des Weins und weckten sogleich wieder Durst nach neuem. Und die Becher wurden wieder gefüllt und weitere Schalen mit heißen Grieben gebracht, die im Magen den vom Wein angeregten ersten Hunger stillten. Als etliche Becher geleert waren und in vielen Schalen der Boden zum Vorschein kam, trugen die Diener andere, noch größere Schalen auf, ebenfalls dampfend und gefüllt mit Bergen von duftenden Kürbistaschen, die in Fleischbrühe gekocht, abgeseiht, mit zerlassener Butter übergossen und mit Zimtpulver und geriebenem Käse bestreut worden waren. Sie verbreiteten einen angenehmen Duft, so daß alle Hände sich mit langen Gabeln bewaffneten und die Kürbistaschen aus den großen Schalen auf die Silbertellerchen wanderten, die jeder zuvor bekommen hatte, und von dort in die lüsternen Mägen, die der feinherbe Wein stimuliert hatte. Und sowie eine Schale geleert war, wurde sie sogleich durch eine volle ersetzt, und man entdeckte auf dem Tisch kein einziges leeres Glas noch Gefäß, und während Speisen und Wein die Körper erwärmten, schwoll die Lautstärke der anfangs erstaunt wispernden Stimmen zu einem Dröhnen an, von dem der riesige Saal mit der hohen Decke aus sauber verfugten Tannenholzbalken erbebte. Zahllose Öllampen beleuchteten ihn von allen Seiten mit blutrotem Züngeln, während die Schatten des früh hereingebrochenen Abends in den entfernteren Winkeln nisteten und sich um die hohen Fenster drängten. Und je dunkler die Schatten wurden, desto höher flackerten die Flammenzungen der Öllampen, desto schriller ertönten die Stimmen der Tafelnden, desto hitziger geriet die vom Wein entzündete Atmosphäre. Dann wurden alle möglichen Braten aufgetragen, darunter der vom Fleisch des scheuen Murmeltiers, des flüchtigen Rehbocks, des majestätischen Steinbocks und des ungestümen Wildschweins. Doch die Gelüste waren bereits gestillt, und nur langsam griffen die

Hände zu, um jene Fleischsorten zu zerreißen, die zuerst drei Tage lang im kalten Schnee gelegen hatten, dann eine Nacht in Rotwein mariniert und schließlich von spitzen Spießen durchbohrt, über glühender Holzkohle gebraten worden waren. Viele Gespräche entspannen sich zwischen den Tischgenossen und wetteiferten miteinander, etliche Pelze, die erst um die Schultern gelegen hatten, waren auf den Boden geworfen worden, als die Marchesa sich aus dem Saal entfernte, um schnell wieder zurückzukehren, in einer Hand ein Fläschchen aus durchsichtigstem Glas, in dem eine klare Flüssigkeit im Schein der Lampen funkelte. Lächelnd stellte sie es auf den Tisch und erbat frische Becher aus reinem Silber, die die Diener sogleich eilends herbeibrachten, und immer noch lächelnd goß sie in einen jeden von jenem klaren Wasser ein. Ein geheimnisvoller Ausdruck lag auf dem schönen Gesicht, um dessen Stirn und Haar sich ein silbern glitzerndes Band wand, unter dem die schwarzen Augen schelmisch hervorguckten. Alle schwiegen gespannt und blickten ganz gebannt auf jene durchsichtige Flüssigkeit, die nichts Mysteriöses und Ungewöhnliches zu enthalten schien und dennoch kein Quellwasser war.

»Trinkt, Ihr Herrschaften, auf meine Gesundheit«, sagte die Marchesa und hob dabei leicht ihren Becher. Alle standen auf und tranken auf die Gesundheit der schönen Burgherrin. Taumelnd richtete sich auch der hünenhafte Abt Torchiato auf, der bis zu diesem Augenblick fast unbemerkt hinter dem Faß gesessen hatte. Auch er erhob zitternd seinen Becher und trank mit den anderen. Ein loderndes Feuer, ein Feuer der Lust, lief allen Tischgenossen die Kehle hinunter und entflammte die Sinne bis in die innersten Eingeweide. Das Feuerwasser, von dem die meisten noch nie gehört hatten, verbreitete Schrecken,

Wonne, Heiterkeit und auch Verwirrung, und dann erscholl Gelächter, Stimmen schwirrten durcheinander, und unter den sonst so gesetzten und ernsten Herren wurde beinah geschrien und gestritten. Diener brachten weitere Fläschchen dieses klaren Wassers herbei, und die Marchesa erklärte, es werde aus dem gehaltvollen Wein von den felsigen, steilen Hängen des Tals gewonnen, den man in großen kupfernen Brennkolben destilliere.

Doch da hatten schon einige zu den Flöten, zur Harfe und zu den großen Lauten gegriffen, Melodien und Lieder ertönten wild durcheinander, und unter perlendem Lachen und spöttischen Bemerkungen wurden allerlei Tänze angestimmt. Dann vereinigten sich Tamburine, Trompeten und Flöten, um einen Saltarello zu spielen, den Maraví mit dem ungestümen Rhythmus dieses lombardischen Tanzes und der Glut ihres südländischen Blutes tanzte. Auch Venafro und der Herzog nahmen ihre Flöten zur Hand, während Abt Mistral sie auf einer großen arabischen Laute begleitete.

Ich weiß nicht, wie lange dieses Fest dauerte, ich weiß nur, daß die todmüden Diener an den Küchentischen einschliefen und im weiträumigen Saal erst Stille einkehrte, als die blasse winterliche Morgenröte die letzten noch schwach zuckenden Flammen der Öllampen besiegte und den in völliger Unordnung zurückgelassenen Saal mit ihrem blassen Licht überflutete: die umgeworfenen Stühle, die noch immer gedeckte lange Tafel, die funkelnden Becher, das mitten darauf gestellte große Faß und, in all diesem Durcheinander, die schwarze Masse des Abts Torchiato, der entseelt dalag, den Kopf gegen den Tisch gelehnt, den Ort, aus dem er im Laufe seines langen Lebens so viel Lust gesogen hatte.

DER PHILOSOPH

Wer an diesem dreizehnten Januar an eines der Fenster der Burg getreten wäre, hätte den Eindruck gehabt, daß die Welt nicht mehr vorhanden sei: untergegangen, versunken, verschwunden die Bäume, die Berge, verschwunden der Boden, auf dem sich die Burg erhob, verschwunden die Vögel, die Hunde, die Rinder, die Hirten, die Ziegen, die Kühe, verschwunden die Häuser mitsamt ihren Dächern und Rauchsäulen, die Ställe, Heuschober, kurzum, alles schien verschwunden zu sein und nur noch die Burg im leeren Raum zu treiben, wie eine galaktische Insel in einem Meer von Nichts, weiß, still, unwahrscheinlich dicht und undurchlässig. Erst wenn man die erste Bestürzung und Angst vor dieser weißen Wand überwunden haben würde, hätte man bemerkt, daß dieses Nichts unglaublich feucht war und stoßweise durch die offenen Fenster trat, als wolle es auch die ganze Burg mitsamt ihren Gemächern verschlingen.

»Verfluchter Nebel!« knurrte der Herzog mit einem mißmutigen Blick nach draußen. »Nirgendwo auf der Erde ist der Nebel so schlimm.«

Während der Herzog in seinem Gemach so vor sich hin brummelte, schaute Venafro in dem seinen gedankenverloren durchs Fenster, von dem aus wirklich nichts zu sehen war. Doch mehr als zu schauen hing er gewissen Gedanken nach … Es war einer jener seltsamen Tage, in denen die Welt so fern zu sein scheint, daß man sie ganz vergißt.

Und dennoch existierte sie noch, ja, drängte mit Macht gegen das Eichentor in der Burgmauer und begehrte lärmend, pochend, die Peitsche knallend Einlaß. Man hätte meinen können, ein ganzes Heer stürme heran, oder zumindest ein Riese. Und dennoch sahen die Diener, die sich an den Ausgucken zeigten, nichts, nichts als das undurchdringliche weiße Gebräu des Nebels.

Aber der Lärm hörte nicht auf, unverkennbares Zeichen, daß die »Welt« noch da war, vor den Toren der Burg, mit der ganzen Kraft der Selbstbehauptung. Die Eremiten, die, um vor der »Welt« zu fliehen und deren Existenz zu vergessen, sich in die Wüste oder auf unwegsame, einsame Berge zurückziehen und Tag und Nacht im Gebet verbringen und dabei Hunger, Kälte und Entbehrungen aller Art ertragen, den Körper kasteien und die Fleischeslust bezwingen, diese Einsiedler wissen, wie mächtig die »Welt« ist. Denn selbst dort, wo weder Straßen noch Pfade hinführen, wo Menschenhand weder Felder pflügt noch Weinstöcke pflanzt, dort oben, wo kein Fischer je die Netze ausgeworfen und kein Schiff je das Meer durchfurcht hat, dorthin, wo die Natur so jungfräulich ist, wie sie Gott erschaffen hat, selbst dorthin reicht noch die Macht der »Welt« mit ihren Versuchungen und Verlockungen. Und es kommt vor, daß sie sich dem heiligen Eremiten, dessen eingefallene Brust und vorzeitig ergrautes Haar vom Eifer der Askese zeugen, des Nachts im kurzen Schlaf aufdrängt, um ihm zu schmeicheln und ihn zu martern mit wollüstigen Träumen, Bildern von duftenden Stoffen, die leuchtende Nacktheit und aufreizende Blicke enthüllen. So groß ist die Bosheit der »Welt«, daß diese sich in anscheinend unschuldigen Gegenständen verbirgt oder in Vorgängen, die sündige Sehnsüchte wecken, wie etwa ein zarter Palmtrieb oder ein junger fliehender Rehbock oder ein verliebtes Insektenpaar oder eine einfache Apfelfrucht oder eine Blume, ein Geruch der Wiese, eine Farbe des Himmels. So mächtig und boshaft ist die »Welt«.

Diesmal drang die »Welt« mit Getöse ein, doch nicht etwa in Gestalt eines unermeßlichen Belagerungsheers oder eines Riesen oder Ungeheuers, sondern in Gestalt eines jungen Priesters, der, hoch zu Roß, in einen Mantel gehüllt war, über dem anmaßend ein großer Spitzhut aufragte, wie ihn die Studenten zu tragen pflegen, geschmückt mit zwei ellenlangen wippenden Federn: eine grüngelbe vom Hahn und eine schneeweiße vom Schwan. Und der Geistliche war weder ein Hüne, sondern von mittlerer Größe, noch schrecklich anzusehen, sondern wenig mehr als ein blonder Jüngling. Dazu stand jedoch im krassen Widerspruch das Ungestüm, mit dem er in den Hof stürmte und in die Vorhalle der Burg eindrang und dabei die Diener in jener fremdländischen Sprache anherrschte, die man jenseits der Alpen, in Frankreich, genauer gesagt in der großen Stadt Paris spricht.

Ein anheimelndes Feuer loderte im riesigen Kamin der Vorhalle, der mit Kupfer ausgeschlagen war, das die Wärme vervielfachte und sie ringsumher verbreitete. Hier nahm der Priester Platz und schien sich in der wohltuenden Wärme und dem sanften Lichtschein des Kamins zu beruhigen. Er begann sogar artig französisch zu sprechen, als ihm eine junge Dienerin eine Tasse mit heißem Wein reichte. Da sah man seine jungen kecken und hochmütigen blauen Augen. Er trank reichlich vom heißen Wein, und sein von der Kälte bläulich fahles Gesicht gewann wieder an Farbe. Die Diener standen um ihn herum und betrachteten ihn neugierig, und jeder von ihnen fragte sich stumm, wie zum Teufel es dieser schmächtige Jüngling geschafft hatte, bis zur Burg zu gelangen, ohne in eine Schlucht zu stürzen, ohne erschöpft und halb erfroren in den Schnee zu fallen, ohne daß sein armseliger Gaul auf dem Eis ausgeglitten wäre. Um so mehr, als er ihnen des Ortes unkundig zu sein schien, keiner hatte ihn je gesehen, und gewiß kannte er weder die Straßen und Wege noch die tausenderlei Gefahren, die in einem Bergtal unter dem Schnee und hinter dem Nebel lauern.

Nachdem er sich aufgewärmt und gestärkt hatte, fragte er nach den Herren der Burg, wer und ob sie gastfreundlich seien, und als sein Informationsbedürfnis befriedigt war, bat er, ihnen vorgestellt zu werden. Ohne sich vor der Marchesa niederzuknien, sondern nur eine leichte Verbeugung andeutend, erklärte er, seinen Namen jedoch geheimhaltend, daß er Philosoph und an der Sorbonne von Paris, jener bedeutenden Schule der Logik, zum Doktor promoviert worden sei. Ein Murmeln ging durch die ganze Hofgesellschaft, Damen und Herren sahen einander überrascht und voll Neugier an: Es war das erstemal, daß in dieser Burg ein Philosoph Einzug gehalten hatte.

Als erster brach Venafro das Schweigen: »Wollt Ihr damit sagen, mein Herr, daß Ihr die Genehmigung und Befugnis habt, eine Schule zu eröffnen und dort Logik und Theologie zu lehren?«

Der Philosoph schien ein wenig zu überlegen, blickte zu Boden und antwortete dann: »Ja. Sagen wir, daß ich die Genehmigung und Befugnis ›hätte‹.« Und nach einer kurzen Pause fügte er hinzu: »Aber ich habe sie nicht.«

»Erklärt uns das genauer«, bat die Marchesa, indem sie ihn an der Hand faßte und zu einer Bank führte. Der Philosoph ließ sich auf den Fellen nieder, die die Bank bedeckten, und fuhr fort, durch die von ihnen ausgehende

Wärme und die wohlwollende Geste der Marchesa ein wenig besänftigt: »Die Sache ist die, Marchesa, daß ich aus Paris davongejagt worden bin. Besser noch: ich bin geflohen. Ich bin geflohen, weil sie mich wegen Ketzerei verurteilt haben.« Ein Schaudern überlief die Hofgesellschaft, da jedermann wußte, welch ein Schicksal Ketzer erwartete.

»Seid Ihr etwa ein Anhänger Abälards?« fragte ihn Venafro.

»Von Abälard«, erwiderte der Philosoph, »stammt mein Denken. Er war mein Lehrer, wenn auch nur durch seine Bücher, da er bereits seit einiger Zeit sein unglückliches Leben ausgehaucht hatte, als ich mein Studium begann. Es waren gerade die Bücher dieses überragenden Logikers, die mich veranlaßten, die Logik in Zweifel zu ziehen. Ich meine damit die Aristotelische Logik. Und genau gesagt war es an der Stelle, wo er sagt, daß ein und derselbe Begriff in unterschiedlichen Zusammenhängen verschiedene Bedeutungen annehmen kann. So haben Ehrbarkeit, Keuschheit, Treue keinen eindeutigen und unveränderlichen Gehalt, sondern bezogen auf das Thema, über das gesprochen wird. Somit konnte etwa der vortreffliche Gottfried von Straßburg, der ein großer Bewunderer Abälards war, von seiner Isolde sagen, sie sei keusch und über alle Maßen treu gewesen. Ein Beichtvater indes würde sie alles andere als keusch nennen. Und auch nicht treu. Ihr kennt Gottfrieds Romanze?« fragte er und blickte der Marchesa in die Augen.

»Nein, Herr«, antwortete sie. »Und ich würde sie sehr gern erfahren. Doch Ihr habt keine Bücher bei Euch ...«

»Nein, Herrin, aber ich werde sie Euch aus dem Gedächtnis erzählen, das mir in diesen Dingen recht gute Dienste leistet. Einige Stellen kann ich Euch sogar auswendig zitieren.« Hier schwieg er und betrachtete die Marchesa mit aufmerksamen Augen, doch ohne zu lächeln. Dann wandte er den Blick ab und fuhr fort: »Das also war der Punkt, der mein Denken fesselte, denn wenn Isolde keusch ist und die Jungfrau Maria keusch ist, dann spricht man von Keuschheit in zwei unterschiedlichen Fällen, die einander sogar zuwiderlaufen können. Isolde ist keusch, weil sie Tristan aufrichtig liebt und sich ihm ganz hingibt; die Jungfrau Maria ist es, weil sie die Liebe des Mannes nicht kennt. Aber Isolde ist auch eine Ehebrecherin, weil sie der Liebe ihres Gemahls die des Geliebten vorzieht. Und wenn Ehebruch und Keuschheit nebeneinander bestehen können, fällt das Prinzip vom Nicht-Widerspruch in sich zusammen.« Der Philosoph ließ den Blick über seine Zuhörer schweifen und fügte gleich darauf hinzu: »Ihr seht, verehrte Herrschaften, daß hier die erste Säule der Logik zusammenbricht.«

Alle pflichteten ihm bei, obwohl viele der Anwesenden weniger an die Logik als an die Geschichte von Tristan und Isolde dachten, deren Kunde selbst bis zu ihnen gedrungen war. Venafro sagte, nachdem er ein wenig nachgedacht hatte: »Aber es kann doch nicht sein, daß ein Einwand, und sei er noch so wichtig, die Fundamente zu zerstören vermag, auf denen seit jeher alles Wissen aufbaute?«

»Gewiß, mein Herr. Auch ich habe mir das gesagt, und mein Bestreben war es von Anfang an, zu beweisen, daß die Logik selbst diesen schwierigen Herausforderungen standhält. Und ich ging daran, das gesamte antike Wissen zu erforschen, um für meinen Glauben eine Stütze zu finden. Aber dort, wo ich glaubte Stützen zu finden, fand ich hingegen neuen Anlaß, Dinge in Frage zu stellen. Und je mehr ich forschte, desto tiefer wurden die Zweifel, wie lebendige Wunden im Denken. Alle Fundamente unserer Logik schienen mir in dem einen oder anderen Punkt angreifbar, und die Gewißheit, daß es eine allgültige Logik, ein unanfechtbares und sicheres Erkenntnisprinzip gibt, das sich nicht auf die menschliche Erfahrung stützt, sondern uns quasi als Gottesgeschenk a priori gegeben ist, diese Gewißheit entglitt mir wie eine Handvoll Sand, über die eine Welle des Meeres hinweggeht.« Hier schwieg er.

»Doch müßte man dann nicht daraus folgern«, warf Venafro ein, »daß alles Wissen, das auf diesen Fundamenten aufbaut, falsch ist?«

»Nicht notwendigerweise. Ich habe nicht gesagt, daß die uns vom antiken Denken überlieferte Logik, auf der wir stets Kunst und Wissenschaft errichteten, falsch sei. Sie kann tauglich sein. Und kann es auch nicht sein. Sie taugt in dem Maße, in dem sie nützt. Aber ich sage vor allem, daß es andere mögliche Logiken gibt, die ebenfalls taugen, die auf Grundlagen beruhen, die nicht jene des Aristoteles sind und die mit Denkmethoden einhergehen, die nicht die unserer abendländischen Welt sind.«

»Ich gebe zu, daß ich etwas durcheinander bin, mein Herr«, gestand Venafro.

»Auch mir sind viele Dinge unklar, denen ich in meinen Arbeiten nachgehe und nachgehen werde. Vorläufig bin ich zu folgendem Schluß gelangt, an den ich mehr glaube, als ihn für bewiesen zu halten: Jede Art des Denkens folgt einer ›eigenen‹ Logik, jede Gemeinschaft von Menschen, jede Zeit, jede Kultur hat ihre ›eigene‹ Art des Denkens. Das Ziel, das ich mir stecke, ist es, zu beweisen, daß alle gültig sind, auch wenn sie zueinander in Widerspruch stehen.«

Inzwischen war es Abend geworden, und die Diener zündeten bereits die Lampen an und bereiteten alles für das Nachtmahl vor. Manch einer schwieg nachdenklich, viele befragten den Philosophen über seine Reise, über den Ketzerprozeß, über das ferne, geheimnisvolle Paris. Der junge Mann schilderte, wie er seine Thesen über die Logik in einem Buch aufgestellt hatte und wie diese in der Aula der Pariser Universität erörtert und als ketzerisch verworfen worden waren, weil sie, so hieß es, das gesamte Gebäude der Theologie zum Einsturz brächten und die Wahrheiten des Glaubens verletzten. Vergebens hatte er versichert, daß er daraus nicht die Falschheit der christlichen Lehre ableite, sondern nur die Falschheit der Behauptung, die christliche Lehre sei die einzig wahre. Er erzählte, daß sich an dieser Stelle die Lehrer und Äbte erhoben und geschrien hätten, in diesem Falle müsse man dann zugeben, daß auch eine andere Religion »wahr« sein könne, sogar jene des Mohammed. Und obwohl gerade dies die Konsequenz war, auf die er hinauswollte, hatte hier der Philosoph vorsichtig geschwiegen und so getan, als sei er selbst von der Kühnheit einer solchen Behauptung überrascht. Und diese Scheinheiligkeit rettete ihm das Leben. Er sah die Lehrer mit verblüffter und ganz unschuldiger Miene an, und sie entschieden, daß er nicht vorhergesehen habe, zu welchen schwerwiegenden Konsequenzen sein Gedankengang führen würde, und hielten es nicht für nötig, ihn in Haft zu setzen, während der Prozeß eingeleitet wurde.

Noch in derselben Nacht hatte der Philosoph heimlich Paris verlassen. Er wollte nach Italien hinunter, wo er herstammte, und dort seine Studien fortsetzen. Fast einen Monat lang hatte er sich im Kloster Sant' Orso aufgehalten, wo er großzügig bewirtet und beherbergt worden war. Aber da es ihm darum ging, seine Identität und seine Studien geheimzuhalten, die ihn verraten hätten, hatte er beschlossen, an jenem Tag vor Morgengrauen zur Ebene hin aufzubrechen, die sich sanft um die Mündung des Flusses ausdehnt. Da hatte er sich plötzlich im Nebel verirrt und auf einer Straße wiedergefunden, die kräftig anstieg und der er in der Hoffnung gefolgt war, sie führe zu einem Ort, wo er Zuflucht finden könne. So war er zur Burg gelangt.

»Und hier könnt Ihr so lange bleiben, wie es Euch beliebt«, sagte Burgherrin Bianca, die dem Bericht mit großen, nachdenklichen Augen gelauscht hatte, welche auf den jungen Philosophen gerichtet waren. Und er hatte das sicherlich bemerkt, denn er fixierte sie während des Redens des öfteren mit ernstem Blick.

Die Gespräche setzten sich während des Essens fort. Der Herzog sagte sehr wenig, teils weil er sich nicht für Philosophie interessierte, teils weil er allzusehr damit beschäftigt war, den Blicken der Marchesa zu folgen, die immer in die gleiche Richtung zu fliehen und stumm denen des Gastes zu begegnen schienen, die ebenso stumm mit ihr kommunizierten. Der Herzog befand sich in übler Laune.

Nach dem Essen, als die Konversation erlahmte, löste sich die Tischgesellschaft auf. Der Philosoph wurde zu seinem Gemach geleitet, der Herzog zu dem seinen, überwacht von den Äbten. Venafro stieg in den Turm hoch, um an seinem Herbarium zu schreiben. Die Marchesa in ihrem Zimmer saß vor einem Spiegel und löste gedankenverloren ihr langes schwarzes Haar.

Ein entschiedenes Pochen erscholl an ihrer Tür. Sie sprang von ihrem Sitz auf, denn sie ahnte schon, wer es war. Die Hand auf dem Riegel zitterte ein wenig.

»Ich bin gekommen, um Euch die Geschichte von Isolde zu erzählen«, sagte der Philosoph.

»Seid Ihr denn nicht müde, Herr?«

»Danach werde ich schlafen«, entgegnete der Mann und schloß die Tür hinter sich.

DIE VERHEXTE BRATPFANNE

Nach einer langen Winternacht erhob sich die Morgenröte über der im Schnee versunkenen Welt. Der Nebel war verschwunden und dichtem Schneefall gewichen, der auf allen Dingen lautlos und heimlich weiche, weiße Häufchen gebildet hatte. Der Philosoph spürte ihn beim Erwachen, noch ehe er ihn sah, erahnte ihn aus dem milchigen Licht, das durch das schmale Fenster und durch die ungeheure Stille drang, die über allem lag. Ein unbändiges Verlangen nach heißer Milch trieb ihn aus den Federn.

Noch waren in der schlafenden Burg die Kamine kalt. Der Philosoph lenkte seine Schritte dorthin, wo er schwache Lebenszeichen vernahm, stieg eine lange Treppe hinunter, die immer enger und finsterer wurde, trat dann in einen ebenfalls schmalen Gang, in dem es angenehm warm war und nach Rauch und Milch roch, und befand sich plötzlich in einer riesigen Küche, deren eine Seite von einem großen Feuer erhellt war, das im Kamin brannte. An einer kräftigen Kette hängend siedete ein Topf mit Milch, und um ihn herum machten sich einige Küchenjungen zu schaffen.

»Guten Morgen«, sagte Venafro und tat so, als wolle er sich von der Bank erheben, auf der er rittlings saß. Da bemerkte der Philosoph auf einmal, daß er einen Teil der Küche gar nicht wahrgenommen hatte, da dieser vom Kamin zu spärlich beleuchtet wurde. Kupferne Kessel und Pfannen in allen Größen hingen an starken, in der Wand befestigten Haken; ein langer, schwerer Tisch aus Tannenholz erstreckte sich längs derselben Wand, flankiert von zwei ebenso langen Bänken. Auf der äußeren saß Venafro und trank aus einem Napf heiße Milch. Der Philosoph setzte sich neben ihn.

»Möchtet Ihr Milch?« fragte ihn Venafro und sagte, nachdem er einem Küchenjungen bedeutet hatte, den Gast zu bedienen: »Aber dann wird ja auch das Prinzip hinfällig, wonach auf eine bestimmte Prämisse eine bestimmte Konsequenz folgt.«

Der Philosoph überlegte einen Augenblick und antwortete dann: »Ich behaupte nicht, daß das Prinzip hinfällig wird; es kann richtig sein, wie auch das Gegenteil der Fall sein kann. Zum Beispiel«, fuhr er fort und deutete auf die größte Pfanne, die an der Wand hing, eine Pfanne mit ellenlangem Stiel, die rötlich im Dunkeln schimmerte, »ein kräftiger Haken hält diese Pfanne dort, also fällt die Pfanne nicht herunter: Das besagt das Prinzip der Kausalität, nicht wahr?« Da hörte man plötzlich ein Rascheln im Finstern, und der Philosoph wurde gewahr, daß unter ebenjener Pfanne einer der Äbte zusammengekauert auf der Bank saß, vielleicht weil er gegen Kälte empfindlich war, was, wie jedermann weiß, eine Blutkrankheit ist. Der Philosoph grüßte verwirrt in Richtung dessen, den er zuvor wegen der Dunkelheit nicht bemerkt hatte, und fuhr fort: »Ich sage, es kann passieren, daß sie herunterfällt, auch wenn der Haken robust ist; ich weiß nicht, aus welchem Grund, aber es kann sein, daß sie herunterfällt.« Seinen Worten folgte ein weiteres, stärkeres Rascheln, und die beiden Männer erkannten im Halbschatten das Profil des Abts, der sich erhob und grußlos die Küche verließ.

»Wer ist denn das?« wollte der Philosoph von Venafro wissen.

»Abt Celorio, ein unter der Kälte leidender alter Mann.

Er hält sich immer in der Küche auf, weil dies hier der größte Kamin der Burg ist und immer brennt, auch nachts. Er sitzt an jener Stelle, genau unter der größten Pfanne, weil dort die Wärme des Feuers direkt hinkommt. Aber sagt mir, in diesem Fall, wenn die Pfanne herunterfiele, gäbe es dafür nicht doch eine Ursache, eine Ursache, die wir vielleicht nicht kennen. Also ist das Kausalitätsprinzip gerettet.«

»Aber nicht in der von mir aufgestellten Behauptung«, wandte der Philosoph ein, »die in diesem Fall lauten müßte: Obwohl die Pfanne von einem kräftigen Haken gehalten wird, fällt sie herunter. Und was wäre der Grund dafür?«

»Ja, was wäre der Grund dafür?«

»Na, der Teufel, mein Herr!« entgegnete der Philosoph lachend. »Es ist doch immer der Teufel, wenn etwas geschieht, das sich mit unserer Logik nicht erklären läßt!«

Als den Küchenjungen das Wort »Teufel« zu Ohren gekommen war, hatten sie ihre Arbeit unterbrochen und schauten nun verwundert zum Philosophen hin.

»Na, wohnt denn nicht der Teufel«, fuhr er lächelnd fort, »mit Vorliebe in den Kaminen wie ohnehin überall dort, wo Flammen lodern? Und nicht etwa nur ein Teufel, sondern ganze Scharen von Teufeln. Stochert nur einmal in der Asche herum, und sie werden zu Dutzenden herausspringen; schüttet Wasser aufs Feuer, und Ihr werdet sie wütend zischen hören; und noch viel erboster, wenn in der Nähe des Kamins ein Kirchenmann sitzt.«

Völlig verängstigt guckten die Küchenjungen in die Flammen. »Laßt diesen Haken verstärken, mein Herr! Vielleicht hält dann das Kausalitätsprinzip stand!« Mit diesen Worten ging der Philosoph, gefolgt von Venafro, zur Tür.

»Dennoch ist es eine prachtvolle Pfanne!« sagte er und warf ihr von der Türschwelle einen letzten Blick zu.

»Ja, wirklich prachtvoll«, pflichtete ihm Venafro bei. »Und es wäre sehr schade, wenn sie herunterfiele und Beulen bekäme.«

»Doch wozu dieser lange Stiel?«

»Damit man die kleinen Pfannkuchen in Fett schwenken kann«, antwortete Venafro. »Heute noch, glaube ich, könnt Ihr sie in Aktion erleben. Es ist hübsch anzusehen, wenn zwei Küchenjungen sie mit beiden Händen am Stiel halten, bis drei zählen und sie bei drei mit Schwung hochschnellen, so daß der Inhalt der Pfanne in die Luft springt. Heute gibt es Pfannkuchen, denn ich habe beobachtet, wie sie Kastanienmehl in die Milch einrührten.«

»Dieses Spektakel möchte ich mir ansehen«, sagte der Philosoph und begab sich auf sein Zimmer.

Später, als schon die Stunde heranrückte, wenn sich in den Mägen der Appetit regt, klopfte Venafro an die Tür des Philosophen und gab ihm zu verstehen, daß er nun herunterkommen müsse, wenn er die Pfanne in Aktion sehen wolle. Und wirklich spielte sich dort ein wildes Spektakel ab. Die ganze Küche war hell erleuchtet von brennenden harzigen Zweigen, die in gußeisernen Haltern an den Wänden staken, und es herrschte im ganzen Raum ein lebhaftes Treiben. Ein volltönender Gesang gab einen markanten Rhythmus vor, der ab und zu von einem in höchster Stimmlage gebrüllten »He« betont wurde. Zwei kräftige Küchenjungen mit nackten Armen hielten die große Pfanne am Stiel über ein mächtiges, munter prasselndes Feuer, in dem zwei andere andauernd mit langen Schürhaken herumstocherten, damit es noch höher lodere. Zwei weitere Burschen, die Arme entblößt wie jene ersten, warteten darauf, die Kameraden im

Wechsel abzulösen. Der Gesang, in den das gesamte Küchenpersonal mit einstimmte, wurde immer lauter, und bei jedem »He«, das die Jungen aus voller Kehle schrien, schnellten sie die Pfanne nach oben, und die Pfannkuchen drehten sich, glänzend von heißem Fett, in der Luft und fielen inmitten unzähliger zischender Spritzer mit der oberen Seite nach unten in das Gefäß zurück. Gesang und Gelächter verschmolzen zu einem fröhlichen, ohrenbetäubenden Lärm. Venafro und der Philosoph, die auf der Türschwelle stehen geblieben waren, betrachteten lächelnd den in Rauch und heißen Dunst gehüllten Schauplatz.

Als die Pfannkuchen dann kurz darauf in glühendheißen Kupferschalen aufgetragen wurden, hatten es die Tafelnden mit einem seltenen Leckerbissen zu tun. Die aus dem süßlichen Mehl der Kastanienfrucht bereitete Süßspeise verdankte ihren köstlichen Geschmack nicht nur den noch süßeren Rosinen und den feinherben zerbröckelten Walnußkernen, sondern vor allem dem Umstand, daß sie in gesalzenem Schmalz gebraten worden war, das zu der Süße einen raffinierten Kontrast bildete. Zu den heißen Pfannkuchen wurde in großen Pokalen eiskalter, prickelnder, leicht säuerlicher Weißwein gereicht, dessen wundersame Macht die Tischgenossen innerlich erwärmte und noch fröhlicher stimmte, statt sie frösteln zu machen.

Lange labten sie sich an diesem erlesenen Gericht, das, wie es schien, die Kälte des Winters, das Grau des Himmels, die Melancholie und die Langeweile zu bezwingen vermochte. Sowohl vom leckeren Mahl als auch vom spritzigen Wein animiert, entspannen sich entlang der Tafel viele heitere Gespräche, die kreuz und quer geführt wurden, ineinander übergingen und sich gegenseitig übertönten, so daß, wie ich glaube, die ganze Burg von dem nicht mehr zu unterscheidenden Stimmengewirr widerhallte. Und da hielt auch schon die Marchesa das durchsichtige Fläschchen in der Hand, um allen Branntwein einzuschenken, der im rauhen Winter auf Körper und Seele eine so wohltuende Wirkung ausübt. Da kam plötzlich, blaß und bestürzt, der Page Irzio in den Saal gerannt, und seine Zunge verhedderte sich noch mehr als sonst in den Wörtern.

»Gebieterin, mein Herr ... die Pfanne ...«

Der Herzog erhob sich ruckartig: »Die Pfanne?«

»Die Bratpfanne ... Herr ... Herrin ... die Bratpfanne ...«

Da der Jüngling kein Wort mehr herausbrachte und vor Angst fast ohnmächtig wurde, hieß Venafro ihn, Platz zu nehmen, und beruhigte ihn mit sanft überzeugender Stimme.

»Sprich, Junge; was ist mit der Bratpfanne?«

»Die Bratpfanne, Herr ... ist heruntergefallen!«

»Ach! Und ist verbeult? Sag mir, hat sie Beulen bekommen?«

»Das weiß ich nicht, Herr; aber der Abt ... ach, Herrin, der Abt ist tot!«

Da bemerkten plötzlich alle, daß Abt Celorio sich nicht unter den Tischgenossen befand. Vor lauter Begeisterung über die Pfannkuchen, ein Gericht, das die meisten noch nie zuvor gegessen hatten, war es niemandem aufgefallen.

»Tot?« fragte der Herzog dazwischen.

»Tot, Herr, mit eingeschlagenem Kopf, dort auf der Bank, die Küchenjungen haben ihn gefunden, es ist der Teufel gewesen, haben sie gesagt, es gibt so viele Teufel in den Kaminen, mindestens tausend, sagen die Küchenjungen, und sie haben sie auch gesehen, die verstecken sich nämlich in der Asche, und dann springen sie auf, sobald man mit dem Schüreisen an sie kommt ...«, und der Page, einem Nervenzusammenbruch nahe, warf sich der Marchesa zu Füßen und barg schluchzend das Haupt in ihrem Schoß. Während sie ihn zu beruhigen suchte, indem sie ihm übers Haar strich, begaben sich der Herzog und Venafro in die Küche, um zu sehen, was passiert war.

»Ich fürchte in der Tat, daß sie jetzt verbeult ist, mein Herr«, sagte Venafro.

»O ja«, erwiderte der Herzog. »Wie schade ... die beste Bratpfanne derer von Challant!«

Einige Tage später – nach dem Begräbnis des armen Abts Celorio, das ebenso feierlich war wie die vorangegangenen, obwohl inzwischen die Zahl der Stimmen, welche die Psalmen sangen, merklich kleiner geworden war, so daß der Herzog während des Trauergottesdienstes zu Venafro gesagt hatte: »Wißt Ihr was, Venafro? Ich denke, wir sollten Chorsänger kommen lassen: Die Lücken, die sich zwischen den Sängern auftun, wirken allmählich störend« – lag am Abend der Philosoph auf einer niedrigen Liegestatt, den Kopf im Schoß der Marchesa, und sie beugte sich zu ihm nieder und fragte ihn:

»Sag mir, Philosoph, warum mußt du abreisen?«

»Ich weiß es nicht, Marchesa; ich kann nicht bleiben.«

Da liebkoste sie schweigend sein Gesicht, nahm seine Hände und küßte sie.

»Dein Körper ist für mich der Mittelpunkt des Universums gewesen. Mir ist gleichgültig, wer du bist. Es genügt mir, daß es dich gibt. Es macht nichts, wenn ich dich nicht ein ganzes Leben lang lieben kann; ein wenig länger vielleicht, das wäre schön … Ich habe deine Lust gespürt, als wäre sie meine eigene, ich habe deine Lust genossen wie die meine. Ich habe deinen Körper geliebt wie meinen eigenen.«

Indessen war der Mann aufgestanden und nahm ihre Rechte, führte sie an seinen Mund und küßte sie, während sie gleichzeitig die seine an ihre Lippen führte.

»Warum speist man in diesem Haus seit einigen Tagen so schlecht?« fragte der Herzog und sah dabei Fräulein Camilla an, die, weil sie die älteste der Hofdamen der Marchesa war, das Amt der Vorratsverwalterin und die Oberaufsicht über die Küche innehatte. Sie schien seine Frage schon erwartet zu haben, denn sie antwortete in einem Atemzug:

»Sehr richtig, es wird Zeit, daß etwas geschieht. Wie, glaubt Ihr, kann man ohne Feuerstelle kochen? Und die Diener wollen sich einfach nicht mehr dem Kamin nähern. Aber was soll ich machen, wenn die Frau Marchesa sagt, das sei alles nur dummes Gerede, und keinen Teufelsaustreiber herholen will?«

Der Herzog wurde aus der Antwort nicht recht schlau, aber er bereute sogleich, sie herausgefordert zu haben, denn er erinnerte sich plötzlich des dauernden Kriegszustandes, in dem sich Fräulein Camilla mit allen anderen Frauen der Welt befand und insbesondere mit denen, die ihr das Schicksal in den Weg gestellt hatte. Abgesehen von dieser Eigentümlichkeit ihres Charakters, der sie jene merkwürdig säuerliche Art zu verdanken hatte, mit der sie sprach, schwieg und lebte, war sie eine sehr tüchtige Frau und eine kluge Vorratsverwalterin, und die Marchesa hätte um nichts auf der Welt auf ihre Hilfe verzichten wollen. Fräulein Camillas große Liebe indes galt der Küche: Man wäre versucht zu sagen, daß jene Sanftmut und Liebenswürdigkeit, die ihr in allen anderen Lebensbereichen abgingen, ihr dort bei der Vor- und Zubereitung von Speisen reichlich zuflossen, für die sie ein großes, streng geheimgehaltenes, vor allen verborgenes Buch führte, aus dem sie für Mahlzeiten, die besonders raffiniert sein sollten, Inspiration schöpfte und in dem sie ihre allergeheimsten Tricks zur Verfeinerung eines schon bekannten Gerichts notierte oder die Rezepte für neue Menüs festhielt.

»Fräulein Camilla will Euch damit sagen«, schaltete sich die Marchesa ein, »daß sich die Küchenjungen seit einigen Tagen weigern, lange in der Küche zu bleiben und vor allem beim Kamin: Sie müssen irgendwoher gehört haben, daß im Kamin die Teufel nisten, und nach dem mysteriösen Tod des armen Abts Celorio …«

»Ich habe mehrmals gesagt, daß man den Kamin exorzieren lassen muß, die gnädige Frau will jedoch nichts davon wissen«, fiel ihr die Hofdame barsch ins Wort.

»Es scheint mir übertrieben«, entgegnete sanft die Marchesa. »Die jungen Burschen müssen etwas für bare Münze genommen haben, das im Scherz geäußert wurde. Was für Teufel sollen denn im Kamin sein? Es ist doch alles nur Gerede …«

»Teufel oder nicht, wir können schließlich nicht für den Rest unserer Tage nur von Brot und Käse leben«, meinte der Herzog. »Wenn es also darum geht, diese Burschen zu beruhigen und besser zu essen, werden wir den Kamin exorzieren lassen. Und wer macht so etwas?«

Keiner der anwesenden Äbte besaß die Gabe der Teufelsaustreibung, und so wurde beschlossen, die weise Priesterin kommen zu lassen.

»Die weise Priesterin?« fragte der Herzog. »Wer ist das denn?«

»Die tüchtigste Exorzistin des Tals«, erwiderte die Marchesa. »Sie lebt in einer Hütte, genannt ›Fin du monde‹, also Ende der Welt, nicht sehr weit von hier, zurückgezogen in völliger Einsamkeit. Es heißt, sie besitze viele Bücher und verbringe Tag und Nacht damit, sie zu studieren. Außerdem geht das Gerücht um, daß sie aus einem alten Exorzistengeschlecht stamme. Ich weiß nicht, warum die Leute sie Priesterin nennen, vielleicht ist sie die Witwe eines Priesters.«

»Was sagt Ihr da? Die Witwe eines Priesters? Priester haben keine Witwen«, mischte sich nun sehr lebhaft der Abt Foscolo ein und fügte streng hinzu: »Nehmt Euch in acht, Herrin, gewisse Dinge sagt man nicht einmal im Scherz.« Die Marchesa, die das ganz ernst gemeint hatte, sah ihn stirnrunzelnd an und schwieg.

Indes ergriff Fräulein Camilla das Wort: »Und wie soll man sie kommen lassen? Die weise Priesterin reitet nicht, und bei diesen Straßen wird es unmöglich sein, eine Kutsche zu schicken.«

»Eine Sänfte, man schicke ihr eine Sänfte. Wir haben doch hier bestimmt irgendwo eine Sänfte? Nicht wahr?« meldete sich der Herzog zu Wort.

»Mein Herr«, erwiderte die Marchesa, »es gibt eine Sänfte und auch Träger, aber sie würden bis zum Bauch im Schnee versinken. Ich werde niemals erlauben, daß sich meine Bediensteten oder andere Leute dieser Gefahr und Anstrengung aussetzen. Lieber behalten wir die Teufel im Kamin … zumindest, bis es taut.«

Angesichts des entschiedenen Tonfalls der Marchesa schwieg der Herzog, fragte sich jedoch bekümmert, wann es in diesen eisverkrusteten Bergen jemals tauen würde und wie viele Tage gastronomischen Trübsinns ihm noch bevorstünden.

»Wir bauen einen Schlitten«, sagte Venafro, »eine kleine Sänfte auf Kufen aus dem, was vom Schlitten des Abts

Nevoso noch übrig ist. Und ich selbst werde die weise Priesterin abholen.«

Alle begrüßten Venafros Vorschlag. Zwei Schmiede wurden geholt, und zwei Tage später wurde das Gefährt, ein großer Korb, montiert auf die Kufen des Federschlittens, an den schönen Rabano gespannt. Venafro streichelte den Hals seines Pferdes und bat ihn flüsternd, er solle nicht beleidigt sein, daß man ihn als Zugpferd benutze, und versprach ihm, daß dies nicht wieder vorkommen werde. Rabano wandte den langen, bemähnten Hals, um zu schauen, was ihm da Merkwürdiges am Geschirr hing, und sah dann seinem Herrn in die Augen. Früh am Morgen brachen sie auf, und der ganze Hofstaat grüßte sie zum Abschied und wünschte ihnen eine gute Reise. Geschwind und eifrig setzte sich Rabano in Trab. Mit leicht getrübtem Blick sah ihnen die Marchesa von einem Fenster des Turms nach.

Sie war die erste, die Roß und Reiter erblickte, als sie zurückkehrten. Mit einem großen weißen Schleier winkte sie vom selben Fenster, von dem aus sie die beiden hatte losziehen sehen. Venafro erwiderte ihren Gruß, sah zu ihr hoch und lächelte. Diesmal ging Rabano in gemächlichem Trab: der Schlitten wirkte auf einmal unglaublich schwer beladen. Diener und Knappen liefen eilends hinzu, der Herzog persönlich war der weisen Priesterin beim Herabsteigen von der Sänfte behilflich. Hierauf schien der Schlitten noch schwerer beladen zu sein als zuvor: Es türmte sich auf ihm ein wahres Gebirge von Körben und Bündeln, welche die Diener vorsichtig abluden und in die Vorhalle der Burg trugen. Das letzte Gepäckstück, fest in einen Wollschal gewickelt, war kein Bündel, sondern ein Kater. Die Diener lösten den Schlitten vom Pferd, und Venafro schwang sich auf

Rabanos Rücken und galoppierte los, drehte einige Runden im Burghof, jagte dann mit hängenden Zügeln und sich an den Hals des Tieres klammernd auf den doppelten Mauerring zu und nahm eine Mauer nach der anderen, als wären sie kleine Büsche. Die Marchesa spürte, wie ihr ein Schauer über den Rücken lief, fast so, als säße sie selbst auf der schwarzen Kruppe des Rappens.

Die weise Priesterin wurde in der Burg mit allen Ehren empfangen, mit heißer Milch und Honigbrötchen erquickt und später dann in die Küche geführt. Der Kater, der sich als eine geradezu riesige Tigerkatze entpuppte, faul und gravitätisch, folgte ihr würdevoll. Die Diener zogen sich zurück, ebenso die Äbte, da es nicht klar war, ob das, was dort geschehen würde, sich mit den Lehren der Kirche vertrug. Auch die Damen der Marchesa zogen sich zurück, aus Angst, in der Küche könnten sich infernalische Szenen abspielen. Und so blieben nur noch die Marchesa, der Herzog und Venafro übrig. Der Herzog ergriff das Wort:

»Seht, Signora«, sagte er und wies auf den Kamin, »es heißt, dort seien Teufel.«

»›Es heißt‹ heißt gar nichts«, entgegnete die Priesterin mit strengem Blick auf den Herzog. »Entweder sind sie da, oder sie sind nicht da. Zuallererst muß man dies herausfinden.« Lange kramte sie sodann in einem Korb, den sie mitgebracht hatte, und zog schließlich einen mit Flaumfedern durchwobenen Mantel daraus hervor, der ihr vom Kopf, den sie mit einer Art Kapuze bedeckte, bis zu den Füßen reichte, wobei er mit seiner ausladenden Weite ihren kräftigen Körper umhüllte und ihr rotblondes, krauses Haar verbarg. Hierauf nahm sie aus dem Korb eine Tonschüssel und eine gläserne Ampulle, die offensichtlich Öl enthielt. Dann noch ein Fläschchen, dessen Inhalt ein Geheimnis blieb, weil das Glas sorgfältig geschwärzt war, und goß in die Schüssel eine Flüssigkeit, die wie klares Wasser aussah. Nun trat sie zum Kamin, dessen Feuer erloschen war, indes noch die Glut unter der Asche schwelte. Lange bewegte sie nun sachte die Schüssel, es herrschte Totenstille.

»Sie sind da«, murmelte sie, »oh, und ob sie da sind!« Und sie deutete auf die Öltropfen, die alle drei zergangen waren. Dann schüttete sie unvermittelt den Inhalt der Schüssel auf die Asche, und zwischen Rauch und Geprassel loderten die Feuerzungen auf, und tausend Funken stoben umher, während die Glut zischte und knisterte.

»Habt Ihr gesehen, ob es welche gibt?« wandte sie sich an die Anwesenden. »Es sind allesamt Teufel erster Ordnung.« Die Anwesenden schauten schweigend zu. »Nun wird man sie verjagen müssen. Facht das Feuer an, legt Tannenholz nach und laßt mich allein. Ich werde Euch rufen, wenn es soweit ist, damit Ihr sie mit eigenen Augen seht.« Der Herzog und Venafro taten, wie die Priesterin befohlen hatte, und dann gingen alle hinaus.

Lange hantierte sie in der verlassenen Küche herum, und als sie die Herrschaften hereinrief, bot sich ein neuartiger, unheimlicher Anblick. Alle Lichter waren gelöscht und die Wände nur vom Feuer erleuchtet, das im Kamin brannte. Überall hatte sie Kreuze aus Ölbaumzweigen aufgestellt, und wenige Schritte von der Schwelle entfernt war ein Strich gezogen, den sie, so wies die Priesterin die drei an, um nichts auf der Welt überschreiten sollten; sie selbst, eingehüllt in den Flaummantel, stand inmitten eines Kreises, den sie mit Kohle auf den Fußboden gezeichnet hatte. In der Linken schwenkte sie ein Gefäß, aus dem starker Weihrauchgeruch strömte, in der

Rechten hielt sie einen Weihwedel, und auf dem Boden stand die Schüssel. Auf der Oberfläche der darin enthaltenen Flüssigkeit schwammen vier Olivenblättchen in Form eines Kreuzes. Auf dem großen Küchentisch drängten sich verschiedene Fläschchen, und mittendrin saß majestätisch der Kater der Priesterin. Die Herrschaften auf der Schwelle, zur Gruppe zusammengerückt, sahen wortlos zu. Im Kamin krachte das Tannenholz.

Die Priesterin kniete in ihrem Kreis nieder und schien lange zu beten oder zu meditieren. Dann tauchte sie den Weihwedel in die Schüssel, erhob sich und rief mit schallender Stimme:

»Gabbaal, Sabbaal, Mitternaal, Bewohner der Finsternis, ich befehle euch, hebt euch hinweg!« Und bei diesen Worten bespritzte sie die Flammen mit dem Weihwedel. Diese zischten und schlugen in einer Funkenwolke bis zum Rauchfang hoch.

Dann kniete sich die Priesterin von neuem auf den Boden, meditierte, tauchte den Wedel ein, bespritzte die Flammen und rief:

»Veddaall, Sindaal, Babeldaal, Söhne der Finsternis, hebt euch hinweg!« Neues Zischen, neue Flammen bis zum Rauchfang hoch, neuer Funkenschlag. Schließlich stand die Priesterin auf, ließ den Weihwedel zu ihren Füßen liegen, hob die noch immer gefüllte Schüssel über ihren Kopf und sagte mit schrecklicher Stimme:

»Auch du, wer immer du bist, Herr der Finsternis mit allen deinen Söhnen und Enkeln, ich befehle dir mit der Macht, die mir der magische Kreis verleiht, verlasse für immer diesen Kamin und dieses Haus!« Und dabei goß sie den Inhalt der Schüssel ins Feuer. Donnernd schlugen die Flammen empor, die Funken stoben zischend nach allen Richtungen, und ein beißender Rauch erfüllte die

Küche. In diesem Augenblick lief allen ein Schauer über den Rücken, und sie standen da und betrachteten fasziniert den in Qualm gehüllten Schauplatz, die Priesterin, die mit erhobenen Armen reglos in der Mitte der Küche stand, die Flammen, die in den Kamin emporloderten und in Myriaden von Funken zischten. Erst als sich der Rauch verzog und die Flammen wieder in normaler Höhe flackerten, wandte sich die Priesterin zur Tür und sagte:

»Es ist vorbei, Herrschaften. Sie sind bis zum letzten geflohen.« Dann packte sie die Ampullen, die Kreuze aus Olivenzweigen und den Weihwedel wieder in den Korb und begab sich zur Tür, gefolgt von ihrem dicken Kater, dem Zuschauer oder womöglich auch stillen Beteiligten dieses großen Mysteriums.

Die Marchesa wollte die Priesterin persönlich zu dem Zimmer geleiten, das sie in ihren eigenen Gemächern für sie bestimmt hatte, und sie blieb noch, um mit ihr ein wenig zu reden, nachdem sie eine Öllampe auf den Tisch gestellt hatte, neben den sie sich zu der ehrwürdigen Frau setzte. Doch die Marchesa hatte nicht bemerkt, daß ihr, während sie die Priesterin begleitete, ihr schwarzer Kater gefolgt war, ein kleines Tier, nicht nur, weil er einer zierlichen Rasse angehörte, sondern auch weil es in seinen ersten Lebenstagen Hunger gelitten haben mußte. Die Marchesa hatte ihn Ende Oktober während einer ihrer Ausritte an einem Waldrand gefunden, wo er, offenbar um sich zu wärmen, unter die welken Blätter eines Baumes gekrochen war. Ein verirrter oder vor irgendeiner Gefahr geflohener Kater. Sie hatte ihn mit nach Hause genommen und ihn Mirò genannt. In den drei Monaten, die er nun in der Burg lebte, hatte er Unmengen verschlungen, war aber kaum gewachsen, zumindest, was sein Gewicht anging. Gewachsen indessen war seine Vorliebe für geselliges Leben: Das heißt, er ertrug es nicht, ignoriert zu werden, wenn sich Gäste einfanden. In diesem Fall nun war der Gast ein Kater, noch dazu ein großer, der jetzt zusammengerollt und träge vor dem Kamin lag.

Mirò schlich ein paarmal um ihn herum und taxierte dabei Gewicht, Geschlecht, Alter und schließlich die Intelligenz des Artgenossen. Fest stand, daß er zum eigenen Geschlecht gehörte und somit sogleich gewisse Interessen auszuschließen waren, ebenso stand fest, daß er älter als er und somit erfahrener sein mußte, daß er größer und daher kräftiger war, und so blieb nur noch seine Intelligenz zu ermitteln. Und Mirò beschloß, den Gegner auf diesem Feld herauszufordern. Er machte einige Versuche und gab sich dabei ganz unbekümmert, wiegte sich im Rückgrat, nahm Anlauf, sprang und landete auf allen vieren und rutschte auf dem Boden. Sogleich wiederholte er die Übung in entgegengesetzter Richtung und landete ein paar Zentimeter vor den Schnurrhaaren des Rivalen, der sich nun gezwungen sah, die im Schlaf halb geschlossenen Augen zu öffnen; da befand Mirò, daß es an der Zeit sei, den Dicken mit den Beweisen seiner Behendigkeit moralisch zu vernichten. Er sprang auf den Tisch, tat, als wolle er sich fallen lassen, und krallte sich dabei mit einer Vorderpfote an der Tischkante fest, baumelte im Leeren hin und her, schwang sich wieder auf den Tisch und wiederholte das Ganze, schließlich sprang er auf den Boden, machte einen Purzelbaum, nahm Anlauf auf die Lampe, stoppte kurz davor, ließ sich wieder fallen und baumelte aufs neue, indem er sich mit einer Pfote festhielt. Immer noch regungslos vor dem Kamin liegend, hatte der Dickmops ihm währenddessen ein Weilchen, aber völlig desinteressiert zugeschaut, dann den Kopf auf die andere Seite gedreht, um weiterzuschlafen. Das, was nun geschah, läßt sich nur mit der Logik des neurotischen Katers erklären. Mirò nämlich baumelte noch ein bißchen hin und her, kaum lang genug, um die Verblüffung zu überwinden, in die ihn das Verhalten des Gegners versetzt hatte, dann machte er einen langen, wohlplazierten Satz und landete mit ausgefahrenen Krallen auf dem Rücken des Schlafenden. Der war schlagartig munter, kreischte auf, warf Mirò zu Boden und hielt ihn dort mit einer Pfote fest. Als er seine Ruhe wiedergefunden hatte, überlegte er, wie er den aufdringlichen Kerl bestrafen sollte, als ihm die Marchesa, die sofort herbeigeeilt war, Mirò aus den Fängen riß und ihren Liebling in Sicherheit brachte.

»Entschuldigt bitte, Signora«, sagte sie zur Priesterin, »er leidet ein wenig unter Komplexen, weil er als kleines Kätzchen viel durchgemacht hat.« Und die beiden Frauen nahmen ihr Gespräch wieder auf, während Mirò, beschämter als je zuvor, seine verlorene Würde wiederherzustellen suchte, indem er sich in eine Schale aus ziseliertem Silber kauerte, in welche die Marchesa im Sommer Jasminblüten zu legen pflegte, um das Zimmer mit ihrem Duft zu erfüllen.

»Seht, Marchesa, ich würde Euch nicht um diesen Gefallen bitten, wenn ›Fin du monde‹ nicht so abgeschieden läge, daß es für einen jungen Gelehrten dieser Art jede Tätigkeit und jeden Kontakt mit der Welt unmöglich macht. Ist Euch klar, was es heißt, in der Blüte seiner Jahre die Schule von Salerno wegen Verdachts der Ketzerei zu verlassen? Und mitten in diese Berge zu geraten?«

»Es ist mir durchaus klar, seid dessen gewiß«, erwiderte die Marchesa, »und ich wiederhole Euch, daß es keinerlei Probleme gibt. Die Burg ist groß, und wir können diesen jungen Gelehrten mühelos beherbergen. Im Gegenteil, es wird uns ein Vergnügen sein, ihn kennenzulernen und uns mit ihm zu unterhalten. Was den Verdacht der Ketzerei betrifft, so macht Euch keine Sorgen: Die Äbte, die Ihr in dieser Burg habt herumlaufen sehen, haben an anderes zu denken …«

»Dann sind wir uns also einig, Marchesa. Wenn mich morgen Herr Venafro nach Hause begleitet, wird er Herrn Goffredo aus Salerno hierherbringen.«

»Und er wird uns willkommen sein, seid unbesorgt«, entgegnete die Marchesa.

LIEBE UND TOD

Am frühen Nachmittag des nächsten Tages ritt Venafro, von »Fin du monde« zurückgekehrt, auf seinem Rabano, der wieder den Schlitten zog, in den Burghof ein. Die Marchesa, von den Dienern verständigt, begab sich persönlich in den Hof hinab, um ihn zu empfangen. Im Schlitten saß ein Mann mittleren Alters, dessen hübsches Gesicht zum Teil von einem dichten Bart bedeckt war. Glattes kastanienbraunes Haar fiel ihm unter der schweren Kapuze des Mantels in die Stirn. Er entblößte das Haupt vor der Marchesa und küßte ihr schweigend die Hand. In der Zwischenzeit luden die Diener einen ungeheuer schweren Korb voller Bücher ab. Es handelte sich um die Bücher, anhand derer Goffredo von Salerno seine Studien betrieb. Doch auf den ersten Korb folgte ein weiterer, noch größer und noch schwerer.

»Das hier«, sagte Venafro, »ist ein Geschenk der Priesterin. Ein ausnehmend schönes Geschenk, an dem sich bestimmt alle erfreuen werden.« Mit diesen Worten zog er das Tuch weg, das den Korb bedeckte. Vor den Augen der Anwesenden tauchten nun wunderhübsche Schachfiguren auf: Türme, Läufer, Springer und alles, was dazugehört, geschnitzt aus kostbarem Eben- und Rosenholz, genau so, wie die Marchesa sie sich gewünscht hatte.

»Die sind ja phantastisch, Venafro!« rief die Marchesa und schlug die Hände vor den Mund, als wolle sie Freude und Staunen ersticken; dann berührte sie die Schachfiguren und nahm sie aus dem Korb. Sie waren hervorragend gearbeitet und von enormen Ausmaßen, erreichte doch jede eine Höhe von einem halben Meter.

»Die Priesterin hat uns fürwahr großzügig beschenkt, Venafro! Wie werden wir es ihr je vergelten können?«

»Ja, wahrhaftig, Gebieterin … da gibt es etwas, das Ihr noch nicht gesehen habt und das anzunehmen und bei Euch zu behalten die Priesterin Euch bittet. Wenn ›Fin du monde‹ nicht so abgeschieden läge, hätte sie es selbst dort oben behalten. Aber sie fürchtet, es wäre in zu großer Einsamkeit aufgewachsen.« Während er sprach, hatte er aus dem Schlitten ein in einen Schal gewickeltes Bündel gehoben, den er nun ganz sachte löste. Die Marchesa zuckte zusammen:

»Aber Venafro! Das ist ja ein Kind!«

»Ja, Herrin, es ist ein Kind« – und aus der Öffnung des Schals tauchte ein blondes Köpfchen auf, das neugierig um sich blickte, dann ein Händchen, das sich vorsichtig nach einigen Haaren von Venafros Schnurrbart ausstreckte und mit aller Kraft daran zog.

»Er heißt Cicco, Herrin. Nicht einmal die Priesterin weiß, wer er ist. Er dürfte so etwa zwischen zwei und drei Jahre alt sein: Man hat ihn gebracht, als er ganz klein war. Sie legt Euch ans Herz, Euch seiner anzunehmen, und läßt Euch wissen, daß sie ihn ab und zu besuchen wird.« Dabei versuchte Venafro, seinen Schnurrbart in Sicherheit zu bringen, indem er den Kopf zur Seite wandte.

Die Geschenke der weisen Priesterin lösten große Freude aus; jedem gefielen die Schachfiguren und manch anderem der Knabe noch mehr. Fräulein Maraví gefiel vor allem Goffredo von Salerno. Ja, noch ehe sie ihn gesehen hatte, war sie bereits in ihn verliebt. Sie hatte ihn reden hören und sogleich die elegante Sprache wiedererkannt, die die gebildeten Leute in Salerno sprachen. Als sie ihn schließlich sah, gefiel ihr sein Äußeres noch besser als seine Art sich auszudrücken.

Insgesamt vertrug sich Cicco mit allen, außer mit Mirò: Die beiden stritten gern miteinander, wie so oft Personen aneinandergeraten, die sich im Grunde mögen, dies aber nicht wahrhaben wollen. So klauten sie sich gegenseitig die Pinienzapfen zum Spielen und die Honigbrötchen, die Fräulein Camilla extra für sie zubereiten ließ; manchmal rauften sie sogar miteinander, und dann versteckte sich Mirò, um in der Stille seinen Schmerz auszukosten, und Cicco rannte weinend zur Marchesa oder zu einer Hofdame oder auch zu Venafro, den er besonders ins Herz geschlossen hatte.

Der einzige, der an der Anwesenheit Ciccos etwas auszusetzen fand, war Abt Foscolo, ein besserwisserischer und herrischer Priester, der in dem Knaben ein Kind der Sünde sah.

»Marchesa«, sagte er eines Tages zu Bianca von Challant, das Thema anschneidend, »Ihr könnt in Eurem Haus keine Person dulden, von der Ihr nicht wißt, wer sie ist.«

»Warum?« fragte Bianca.

»Weil Ihr nicht wißt, wer sie ist.«

»Dann besteht noch mehr Grund, das Kind zu behalten«, entgegnete die Marchesa, »bedenkt, daß er ein Fürst sein könnte, ja, ganz sicher ein Fürst ist, oder auch der Sohn des Papstes oder der Sohn eines bedeutenden Heiligen.« Abt Foscolo brach dieses Gespräch ab, bei dem, wie er einsah, nicht viel herauskommen konnte. So beschränkte er sich darauf, den Knaben mit mißgünstigen Blicken zu messen, doch der merkte das gar nicht, weil er keinerlei Anlaß hatte, den Abt Foscolo anzusehen. Es dauerte nicht lange, da geschah etwas Unglaubliches: Cicco und Mirò wurden Freunde; gemeinsam spielten sie nun mit den Tannenzapfen, und gemeinsam aßen sie

Fräulein Camillas Leckereien, und ihre Beziehung erlangte eine solche Innigkeit, daß sie bald unzertrennlich wurden. Es war im Monat Februar, und die Sonne begann schon den Schnee zu erwärmen. Die Marchesa nahm ihre alte Gewohnheit wieder auf, in den lauen Stunden des Nachmittags auszureiten, und Venafro begleitete sie häufig bei diesen Ausritten. Mit Vorliebe wählte die Marchesa ihr Pferd Ippomele, und Venafro mußte den feurigen Rabano mit dem Zügel im Zaum halten, denn vor ihm saß, wohlverpackt in einen Wollschal und eine Felldecke, der kleine Cicco, während sie den winzigen Mirò bei sich hatte. Unterdessen jedoch bahnte sich in den Mauern der Burg ein Drama an.

Ein Liebesdrama. Es wurde bereits erwähnt, daß Fräulein Camilla das Herz bis zum Halse schlug, als sie Goffredo aus Salerno hatte sprechen hören. Und den ganzen Abend lang hatte sie ihm regungslos und stumm gelauscht, wohingegen er sich während des Essens und in den Stunden darauf bis zum Schlafengehen mit dem Herzog unterhielt, der sich besonders für gewisse chirurgische Eingriffe interessierte, deretwegen der Gelehrte sich den Vorwurf der Ketzerei zugezogen hatte. Es handelte sich um Organverpflanzungen. Meister Goffredo hatte die Theorie aufgestellt, daß man ein Organ des Körpers, wenn es sich als schadhaft erweist und durch die üblichen Verfahren mittels Kräutern oder Salben nicht zu heilen ist, aus seiner natürlichen Umgebung herausschneiden und durch das analoge Organ eines anderen Lebewesens ersetzen könne. Für den Notfall hatte er in seinem Haus in Palermo einige Berberaffen aufgezogen, die sich, nach seinen Worten, nicht sehr von der menschlichen Spezies unterschieden. Er hatte bereits Experimente angestellt und Organe von einem Affen in den anderen verpflanzt, und einige Male, obzwar nicht sehr oft, war das Experiment geglückt. Nun war der Punkt erreicht, um eine Operation am menschlichen Körper zu versuchen, und Goffredo hatte in Salerno bereits einen alten Herrn ausfindig gemacht, dem er alle Zähne eines Affen mitsamt des Kiefers und vielleicht sogar des Gaumens einzupflanzen gedachte. Doch seine Theorie hatte Anstoß erregt. Nicht wegen des keineswegs zu unterschätzenden Risikos, daß der Patient während der Verpflanzung sterbe, und auch nicht wegen der Schmerzen, die dieser dabei verspürt hätte, da all das für die Männer der Wissenschaft nicht relevant zu sein pflegt und auch nicht gegen die Prinzipien des christlichen Glaubens verstößt: Die gelehrten Herren der Schule hatten befunden, daß durch eine solche Operation die Würde des Menschen verletzt werde, da sie eine fleischliche Vereinigung von Mensch und Tier darstelle und man den nicht mehr Mensch nennen könne, der mit einem tierischen Organ lebe.

Während so Goffredo aus Salerno von seinem Unglück erzählte, hingen, inmitten der allgemeinen Aufmerksamkeit, vor allem zwei Personen an seinen Lippen: der Herzog, der seit langem an einer akuten Dickdarmentzündung litt und tief in seinem Herzen den Wunsch hegte, einen neuen Darm zu besitzen, ganz oder teilweise, der es ihm erlauben würde, zu essen und sich einem Luftzug auszusetzen, ohne immer gleich schreckliche Konsequenzen befürchten zu müssen; und die reizende Maraví, die bemerkt hatte, welch schönen Mund Meister Goffredo in seinem Bart verbarg, und derart in die Betrachtung desselben versunken war, daß sie den ganzen Abend lang vergaß, ihre rotblonden Locken zu schütteln.

In jener Nacht, während alle, der eine mehr, der andere weniger, in tiefer Stille schliefen, wälzten sich der Herzog und Fräulein Maraví schlaflos zwischen ihren Decken, wobei ihnen große Gedanken durch den Kopf gingen. Recht unterschiedliche Gedanken, um die Wahrheit zu sagen. Der Herzog, inzwischen eingenommen von der Idee, einen neuen Darm sein eigen zu nennen, erwog die Risiken einer derartigen Operation und fragte sich, ob es angebracht sei, am nächsten Morgen mit Herrn Goffredo darüber zu sprechen. Aber im Grunde seines Herzens nagte ein düsterer Gedanke, der jede Hoffnung vergiftete: In der hiesigen Gegend hatte man noch nie einen Affen gesehen. Fräulein Maraví hingegen überlegte, welches Kleid sie anziehen sollte, um die Aufmerksamkeit jenes Mannes auf sich zu ziehen, der ihr, offen gestanden, ein klein wenig reserviert, ja vielleicht sogar spröde vorkam, obwohl er sich recht höflich und liebenswürdig gegeben hatte und sein Gesicht es nicht verschmähte, mit den Augen und dem Mund zu lächeln.

Kurz vor Tagesanbruch nach jener schlaflosen Nacht hatten die beiden ihre Entscheidungen getroffen: Der Herzog war zu dem Entschluß gelangt, noch einige Tage abzuwarten, ehe er mit dem Chirurgen über sein schwieriges Vorhaben sprechen würde. Und er war endlich eingeschlafen. Maraví hingegen hatte sich vorgenommen, noch an diesem Tag die Initiative zu ergreifen und ein Kleid anzuziehen, das nicht übersehen werden konnte. Schon ehe die Sonne aufging, war sie auf den Beinen, kniete vor einer großen Truhe und kramte daraus ihre schönsten Kleider hervor.

Am selben Tag wählte die Marchesa einen kleinen, aber dennoch geräumigen Saal aus, um auf dessen Fußboden ein schönes Schachbrett mit weißen und schwarzen Feldern malen zu lassen. Das Sälchen war quadratisch und hatte zwei in die Mauer der Burg eingelassene schöne Fenster, die just auf den Hof hinaus gingen und in deren Nischen sich beiderseits mit weichen Kissen bedeckte Holzbänke befanden, auf denen die Marchesa gern saß, um zu lesen, zu sticken oder mit ihren Hofdamen im Licht des Sonnenuntergangs zu plaudern, denn beide Fenster zeigten nach Westen. Eben in diesem Sälchen erschien, kurz vor der Stunde des Abendessens, Edelfräulein Maraví, angetan mit dem Kleid, das sie für ihren Feldzug gewählt hatte. Es war ein Kleid aus kirschrotem Atlas, am Ausschnitt und den sehr weiten, offenen Ärmeln mit einem schmalen Streifen schneeweißen Hermelins verbrämt, mit dem auch der Rocksaum besetzt war, der, wenn man ihn ein wenig anhob, Atlasschühchen derselben Farbe zum Vorschein brachte und den Fuß sogar bis zum Fußknöchel freigab und hinten in einer langen, gewundenen Schleppe herabfiel. Das Rot des Kleides hob das Rotblond des Haars und die Blässe des Halses und des Busens hervor, der in dem tiefen Ausschnitt üppig hervortrat.

Als Maraví in dem Sälchen erschien, war es, als lodere ein Feuer auf: Der Herzog, der mit Abt Mistral Schach spielte und gerade einen Springer aus Ebenholz auf eines der schwarzen Felder rückte, ließ diesen, er wußte nicht, wie ihm geschah, fallen und stolperte darüber. Abt Mistral kniff leicht die grauen Augen zusammen, um besser sehen zu können, und aus der Gruppe der anderen Äbte kam ein leises Pfeifen: Es mußte Abt Leonzio gewesen sein, der in der ganzen Burg mittlerweile wegen seiner Schwäche für alles Weibliche, seien es Damen oder Dienerinnen, berüchtigt war. Goffredo aus Salerno verneigte sich leicht zur jungen Frau hin und lächelte.

Als es Zeit war, sich zu Tisch zu begeben, unterhielt Maraví sich mit Herrn Goffredo über die Schönheiten

Salernos und seines Golfes, die sie sehr gut kannte, da sie vom Hof der Anjou in Neapel kam, und so schaffte sie es, sich mit ihm der Tafel zu nähern und sich neben ihn zu setzen. Jedermann weiß, wie wichtig in Liebeshändeln der Platz am Tisch ist. In der allgemeinen Fröhlichkeit war Maraví die heiterste.

Am nächsten Tag hatte sie eine Erkältung. Doch wer meinte, sie wäre nun schlechter Laune gewesen, weil sie Kopfschmerzen und Hustenreiz verspürte, würde sich sehr irren. Sie zog ein Kleid aus schwarzem Samt an, das hochgeschlossen war und sie bis zu den Hüften eng umschloß und dann in weiche, fließende Weite überging. Zudem bleichte sie sich die Wangen sorgfältig mit Kreidepulver, steckte die Haare sehr tief im Nacken zusammen und setzte eine leidende Miene auf. Wir werden nie erfahren, was sie Goffredo mitteilte, während sie neben ihm auf der kurzen Bank in der Fensternische saß. Möglicherweise sprach sie von ihrer Krankheit. Bedrückt und verständnisvoll und vielleicht, so schien es, doch der Eindruck kann täuschen, ein bißchen verlegen. Bloßer Eindruck jedoch war es nicht, daß Herr Goffredo auf der kurzen Bank immer kleiner wurde und immer verlegener auf den Fußboden starrte.

Nach einigen Tagen war Fräulein Maraví noch kränker.

»Eure Erkältung verschlimmert sich, Maraví«, sagte die Marchesa zu ihr, als sie sie in den Schachbrett-Saal eintreten sah, der zu diesem Zeitpunkt verlassen war, wenn man von der Marchesa absieht, die stickend am Fenster saß. Die Erkältung ist, wie jedermann weiß, eine Krankheit der Seele, und seelisch war Maraví sehr krank. Davon zeugten die roten und etwas geschwollenen Augen, die aufgesprungenen Lippen und die vernachlässigte Aufmachung. Der Kampf um Herrn Goffredo war verloren. Als der Meister die subtile Absicht der Hofdame bemerkt hatte – und das war sehr schnell geschehen –, hatte er sich rar gemacht, auch weil er nun eifrig mit dem Problem des Herzogs Franchino beschäftigt war, der sich letztlich doch entschlossen hatte, ihn ins Vertrauen zu ziehen.

»Ihr könnt keinen Menschen zwingen, Euch zu lieben«, sagte die Marchesa ruhig und gelassen. »Entweder er liebt Euch, oder er liebt Euch nicht. Es ist wie mit der Sonne: Entweder scheint sie, oder sie scheint nicht, und es ist wolkig.«

»Aber dazu bedürfte es doch so wenig!« beharrte die Hofdame. »Was kostet es ihn schon? Es ginge ihm so gut ... und er würde es nicht bereuen, da bin ich mir ganz sicher. Und was macht er statt dessen? Er flieht mich, als hätte er Angst vor mir.« Und sie trocknete sich Augen und Nase mit einem bestickten Taschentuch. »Da, seht, Herrin«, sagte sie, riß das Fenster auf und beugte sich hinaus, »seht nur, dort unten geht er mit den Äbten spazieren, er verachtet mich so sehr, daß er sogar deren Gesellschaft vorzieht ...« Und während nun auch die Marchesa ans Fenster trat und sagte: »Aber seid Ihr denn sicher, daß er es wirklich ist, Maraví?«, hatte diese in einem Anfall von Empörung einen Turm des Schachspiels ergriffen und ihn wütend aus dem Fenster geschleudert. Der Mann, am Kopf getroffen, fiel zu Boden und blieb reglos liegen. In diesem Augenblick hörte man an der Tür des Sälchens die Stimme Goffredos, der zum Herzog sagte: »Eine Schwierigkeit gibt es in der Tat, mein Herr. Wir haben hier keine Affen.« Und während der Herzog einwandte: »Und die Bären? Würde sich nicht auch ein Bärendarm dazu eignen?«, wandte sich Maraví ruckartig um und war sprachlos.

»Ihr habt Euch in der Person geirrt, Maraví«, sagte die Marchesa, die sich aus dem Fenster beugte. »Wenn mich meine Augen nicht trügen, habt Ihr Abt Foscolo getroffen.«

Am Tag nach diesem neuerlichen Trauerfall, der sich so grausam an die Unglücksserie reihte, die die Burg bereits heimgesucht hatte, saß die Marchesa mit der Hofdame an ebenjenem Fenster und sagte:

»Seht, Maraví, die Liebe ist eine Beziehung, kein Besitzverhältnis. Und eine Beziehung ist gegenseitig und frei, sie läßt sich nicht erzwingen. Und man kann auch nicht verlangen, daß sie ewig währt: Sie kann von Dauer oder ganz kurz sein. Aber in dem Augenblick, in dem sie sich erfüllt, erfahren beide Liebende die Freiheit. Der Besitz dauert hingegen wohl auch ein Leben lang, aber einer der beiden ist ein Knecht.« Und nach einer Pause fügte sie hinzu: »Seht Ihr diese Fußspuren dort zum Tal hin? Sie stammen von jemandem, der weggegangen ist. Doch er könnte auch zurückkehren. Und wenn er umkehrt, ist es, weil er es will.«

Mit diesen Worten nahm die Marchesa aus einem Obstkörbchen ein Pergel zuckersüßer vertrockneter Weintrauben, begann diese abzupflücken und reichte sie zugleich Maraví hin. Während diese sich die Augen wischte und die Hand zögernd nach der Leckerei ausstreckte, kam geschwind wie ein Mäuschen der kleine Cicco herbei und fing ebenso schnell an, von dem großen Pergel die saftigsten und reifsten Beeren zu pflücken. Und um sie besser zu erreichen, kletterte er der Marchesa auf den Schoß. Mirò, nachdem er einen flüchtigen Blick darauf geworfen hatte, begann zu dösen. Trauben haben Katzen noch nie geschmeckt.

Und dann kam der Zephir, der das entsetzliche Eis in einem heiteren Wechsel von Wind und Frühling hinwegfegte, die Tiere aus ihrem Winterschlaf weckte und sie wie torkelnde Welpen auf der Suche nach der Sonne nach draußen lockte. Niemand hatte ihn erwartet, niemand mit ihm gerechnet. Der März hatte mit Nebel und Frost begonnen. Doch eines Morgens war der Zephir da. Nebel und Frost waren verschwunden, aus den Wasserspeiern tropfte der alte Schnee von den Dächern, und der Burghof verwandelte sich in einen einzigen Morast. Der Himmel zeigte sich in zartem Blau, durchzogen von weißen Streifen, und die Haare der Marchesa wurden, als sie sich am Fenster zeigte, von einem Schwall lauwarmer, weicher Luft umflutet.

»Das ist der Zephir«, sagte sie lächelnd und schwang sich auf die Fensterbank. Venafro, der von irgendwoher geritten kam, sah ihr weißes Hemd im Winde wehen und lächelte.

In diesem Moment lief ihm Cicco weinend im Hof entgegen und deutete schluchzend auf eine Stelle des Daches. Venafro nahm ihn in den Arm und folgte mit den Augen dem Zeigefinger des Kindes die Strebepfeiler, Fialen und Dachrinnen hoch und erblickte schließlich eine kleine schwarze Silhouette, die sich vorsichtig zwischen den Steinplatten des Dachs bewegte. Lautlos und umsichtig kroch sie hinauf und hinab, als suche sie etwas, als sei sie jemandem auf der Spur.

Die Tragödie im Leben hat viele Gesichter. Für Cicco hatte sie das Gesicht eines verräterischen Katers, der ihn allein im Bett zurückgelassen hatte, um sich auf die Suche nach Liebesabenteuern zu begeben. Da nützten weder Fräulein Camillas Honigbrötchen noch die Rosinen der Marchesa. Cicco schluchzte weiter, fest an Venafros Hals geklammert, dem, in höchster Verlegenheit, nichts Besseres einfiel, als den Knaben vor sich aufs Pferd zu setzen und mit ihm auf den felsigen Bergwald zuzureiten, der nun in der Sonne lag.

»Schau, Cicco, der Westwind ist gekommen, und es ist schon beinahe Frühling. Die Katzen begeben sich auf Freiersfüßen; daher schleicht Mirò auf den Dächern herum und sucht nach einer Kätzin.«

Mit tränennassem Gesicht sah ihn das Kind an, die Augen weit aufgerissen.

»Auch die Menschen sehnen sich nach Liebe, wenn der Zephir weht. Aber sie sind nicht so klug wie die Katzen und können sie oft nicht finden.«

Das Kind wandte seine Augen nicht von Venafros Gesicht, als verstehe es.

»Mirò hingegen wird seine Kätzin finden, da kannst du sicher sein.«

Dann stiegen sie vom Pferd und drangen zu Fuß in den Wald ein. Auf einmal befreite Cicco seine Hand aus der des Mannes und lief auf ein Häuflein von Buchenlaub zu, das der Wind zusammengeweht hatte. Er blieb stehen und guckte gebückt, die Hände auf die Knie gestützt: Der Blätterhaufen hob sich, bebte, als bewege sich darunter irgend etwas. Dann streckte das Kind die Hand aus und begann im Laub herumzuwühlen. Plötzlich sprang etwas aus dem Haufen auf das Kind zu. Schleunigst verschränkte Cicco die Arme über der Brust und hatte ein Tier mit dichtem, warmem Fell gefangen, das ihm zwischen den Armen zappelte und das mit spitzen Zähnen ausgestattete Maul nach seinem Gesicht streckte.

»Gut, Cicco, du hast ein Murmeltier gefangen!« sagte Venafro. »Und was machst du nun damit? Das Murmeltier wird nie zu dir ins Bett kommen.«

Der Knabe sah ihn unschlüssig an, doch als ihn das Tier wieder ins Gesicht zu beißen versuchte, lockerte er den Griff und ließ es laufen.

Gemeinsam kehrten sie zur Burg zurück, beide etwas traurig. In der Zwischenzeit hatten die Hofdamen, von der Marchesa angetrieben, eine Katze aus schwarzem Fell, mit Hals, Pfoten und Schwanz, genäht und sie mit Stroh gefüllt. Sie waren gerade dabei, eine Kugel aus demselben Fell, vorne mit zwei Strähnen Stroh, anzunähen, die den Kopf mit den Schnurrhaaren darstellen sollte. Das übergaben sie mit großem Getöse dem Kind, während Venafro etwas zweifelnd lächelte. Cicco nahm den Stoffkater in die Arme und betrachtete ihn mit verblüffter Miene; er drückte ihn an seine Wange und wartete, was nun geschehe. Es geschah nichts. Bei Mirò jedoch wäre etwas geschehen. Aber dann schien er zu denken, daß ein Fellkater besser sei als nichts, und das Stofftier an sich drückend, lief er davon.

Der Westwind blies jedoch weiter, Mirò kam nicht wieder, und Cicco war traurig. Auch viele Damen und Herren waren traurig und nervös, während der Wald sich keck und trotzig im Vorfrühling zu schütteln schien und die Lärchen bereits rötliche Büschel trieben.

Da beschloß Venafro, Cicco im Flötenspiel zu unterweisen. Das war ein leichtes Unterfangen, nachdem er die erste technische Schwierigkeit, die Finger richtig auf die Flötenlöcher zu legen, überwunden hatte; ja, nie erwies sich ein Schüler als so fleißig. Sie saßen lange beieinander, Lehrer und Schüler, während der Schnee wieder begonnen hatte, auf die weiße und graue Welt zu fallen. Oft betrachtete sie die Marchesa, das Gesicht in die Hände und die Ellbogen auf die Knie gestützt. Innerhalb von wenigen Tagen konnte Cicco ein ganzes Weihnachtslied spielen.

Und er spielte fast den ganzen Tag, lief dabei durch die Burg oder setzte sich, wenn es nicht zu kalt war, auf eine Bank im Hof und lernte immer neue Melodien und wurde immer besser. Venafro hätte sich keinen eifrigeren Schüler wünschen können. Als Mirò eines Tages wieder auftauchte, abgemagert, halb kahl und mit deutlichen Zeichen nächtlicher Raufereien, war Cicco der erste, der ihn sah, und konnte einen Schrei nicht zurückhalten. Aber statt sich auf ihn zu stürzen, nahm er seine Flöte und spielte eine Gavotte: Der Kater betrachtete ihn erstaunt und verwundert, näherte sich ihm feierlich und deutete einen kleinen Tanzschritt an. Sie schlossen Frieden, doch Cicco konnte inzwischen die Flöte blasen.

Eines Tages Ende März, als es schon seit einer Woche aufgehört hatte zu schneien und die Straße des Tals fast völlig frei war, traf ganz unerwartet die Priesterin in der Burg ein. Von allen wurde sie mit großer Freude und Begeisterung empfangen, besonders von der Marchesa, die ihr sogleich von Cicco berichtete. Die Priesterin war zu Fuß gekommen, um ihn zu besuchen, ohne wie sonst alle ihre Körbe mitzubringen, bis auf einen, in dem sich Walnüsse, Haselnüsse und ein großer Kuchen aus Honig und Ricotta, bestreut mit Fenchelsamen, befanden. All das waren Geschenke für Cicco.

Aber im allgemeinen Durcheinander war Cicco verschwunden. Jemand glaubte, ihn vor dem Empfangssaal gesehen zu haben, während alle die Priesterin umringten und sie mit Fragen bedrängten. Aber danach hatte ihn niemand mehr gesehen. Sie suchten ihn überall, doch vergebens. Schließlich setzten sie sich in den Saal, da die Priesterin müde war, und unterhielten sich, während diese sich langsam erholte. Sie war über das Verschwinden des Kindes etwas verärgert und enttäuscht, hatte sie bei ihm doch große Freude erwartet; um so mehr, als sie ihm all diese Geschenke mitgebracht hatte. Während sie mit der Marchesa, Venafro, dem Herzog und Goffredo plauderte, hörte man plötzlich hinter der Mauer neben dem Kamin wie aus einem perfekten Resonanzkasten einen schwachen Flötenton, der, nachdem er verschiedene Weisen angestimmt hatte, in den fröhlichsten Saltarello überging, den die Burg je gehört hatte: Das Loch in der Mauer, das einstmals als Brennholzlege gedient hatte und später dann zum Saal hin durch einen mit Kalk verputzten Verschlag geschlossen worden war, der es unsichtbar machte, vertiefte und verstärkte den Klang der kleinen Flöte und verlieh ihm Kraft und Stärke. Alle schwiegen und lächelten. Als der Saltarello zu Ende war, sah man Cicco mit dem Kater Mirò und der Stoffkatze aus dem Kamin schlüpfen, alle drei schwarz von Ruß und weiß von Asche. Die Priesterin nahm den Knaben in die Arme und küßte ihn, dann wurden alle drei, Kind, Kater und Stoffkatze, in eine Badewanne mit lauwarmem Wasser gesetzt und gewaschen. Cicco, bereits reich wie ein Prinz, weil er eine Flöte, einen echten und einen falschen Kater besaß, wurde nun noch reicher, weil er einen Honigkuchen mit Fenchel geschenkt bekam. Den klemmte er sich unter den Arm, und als Fräulein Camilla ihn fragte, ob er ein Stück davon essen wolle, bedachte er sie mit dem unfreundlichsten Blick, der ihm zu Gebote stand. Am Abend brachte sie ihn zu Bett samt Katzen, Flöte und Kuchen.

»Dieser Knabe sollte keine Flöte besitzen.«

Alle wandten sich um, um zu schauen, wer da gesprochen hatte. Er stand dort an der Tür, eingehüllt in die bis zu den Füßen reichende schwarze Mönchskutte, groß und gelb, weil er unter Gallensteinen litt, der Abt Ipocondrio. Alle sahen ihn stumm und fragend an.

»Kein Knabe sollte eine Flöte besitzen«, bekräftigte der Abt.

»Warum?« fragte Venafro und dachte dabei, daß alle Kinder eine Flöte oder eine Schalmei oder Okarina besitzen sollten.

»Eine Flöte sollte es überhaupt nicht geben«, führte der Abt seinen Gedanken weiter aus und trat in den Saal, »und das gilt nicht nur für die Flöte, sondern auch für die Viola, die Laute, die Tamburelli und alle verfluchten Instrumente der Verführung.«

Herzog Franchino dachte an seine Viola und lächelte.

»Tausendmal verdammt sei derjenige, der ein Musikinstrument erfunden hat, denn es sind die verlorenen Seelen, die gerne spielen und singen. Auch das Lied führt zur Verdammnis.«

»Nun, mein Herr, der große Gregor war nicht Eurer Meinung«, warf leicht erzürnt die Marchesa ein.

»Der große Gregor schrieb einen Gesang für den Gottesdienst. In der Kirche kann gesungen und auch musiziert werden, gnädige Frau, doch außerhalb der geweihten Orte sind Gesang und Musik zu Recht verbannt, weil es Künste des Teufels sind. Der Teufel selbst lehrt, Töne zu modulieren, flüstert sinnliche und verführerische

Klänge ein, die man den Instrumenten entlockt und die das abartige Geschlecht der Dichter mit törichten und unzüchtigen Liedern verbindet, so daß jeder Ton, jede Note, jedes Wort zum Vehikel der Unkeuschheit wird. Und der Teufel erwacht und nähert sich ungesehen den Musikanten und den Sängern und leiht ihren Künsten seine infernalische Macht, entflammt die Herzen derer, die musizieren, und derer, die ihnen lauschen, und es züngeln unkeusche Flammen im Blut und entzünden unnennbare Begierden, die Männer und Frauen in den Abgrund der Sünde reißen.«

Alle hörten schweigend zu, bis auf die Marchesa, die fragte:

»Diese unnennbaren Begierden, mein Herr, sollten das etwa die Begierden der Liebe sein?«

»Gnädige Frau, richtet keine unkeuschen Worte an mich. Bedenkt, daß der Teufel stets hinter unserem Rücken lauert. Und bedenkt, daß Töne und Worte die Vehikel sind, die ihn in uns eindringen lassen. Deshalb kann man alle Töne und gewisse Wörter nur an geweihten Orten erzeugen und aussprechen, wo der Dämon nicht eindringen kann, sondern auf der Schwelle verharren muß und sich vor Wut verzehrt. Dann werden Töne und Wörter zu Vehikeln keuscher Gefühlsregungen, zur Sprache, um mit Gott zu sprechen. Doch wehe denen, die sie aus den Kirchen hinaustragen, wehe denen, die mit ihnen dem Dämon das Mittel darbieten, die anderen zu verführen. Ich wage mir nicht vorzustellen, was die Flöte in den Händen eines unwissenden Knaben anrichten kann und in denen eines Weibes, das, wie man weiß, den Verstand eines Kindes hat. Ich wage mir nicht vorzustellen, was aus der Welt würde, wenn eines Tages jeder Mann, jede Frau oder jeder Knabe ein Musikinstrument handhaben könnte, um zu singen und zu tanzen und alle jenen törichten und anstößigen Dinge zu tun, die vom Gesang und von der Musik angeregt und gefördert werden. Die Verführung liefe durch die Straßen, die Ausschweifung würde durch jede Ader zucken, und dem frommen Mann bliebe nichts anderes übrig, als blind und taub zu werden, um den Versuchungen zu entgehen und seine Seele zu retten.«

Der alte Ipocondrio schwieg und senkte den Kopf auf die Brust. Dann hob er ihn wieder in kriegerischer Anwandlung und fuhr fort:

»Daher sage ich, daß man morgen diesem Jungen die Flöte wegnehme.«

»Versucht es doch«, sagte Venafro seelenruhig, der im Geiste bereits die Flöten, Schalmeien, Okarinen und alle anderen Musikinstrumente gezählt hatte, die es in der Burg gab. Die Marchesa, blaß vor Empörung, erhob sich und verließ wortlos den Saal.

»Aber glaubt Ihr denn wirklich an den Teufel, mein Herr?« fragte die Priesterin sanft den Abt. Dieser war zu sehr in seine Visionen versunken und hob weder den Kopf, noch antwortete er. Herzog Franchino hingegen betrachtete die Priesterin nach jener Frage stirnrunzelnd und wollte ihr eine Gegenfrage stellen, ließ es dann aber bleiben. Venafro grinste in sich hinein.

Als am nächsten Morgen die Sonne, nachdem sie etwas mit den um die Berge wabernden rosigen Nebelschwaden gekämpft hatte, voller Kraft und Klarheit durch die Fenster der Burggemächer drang, erschien in seiner bodenlangen Mönchskutte Abt Ipocondrio an der Tür zum Saal und fragte die Marchesa:

»Wo ist dieser Knabe?«

»Sucht ihn doch selbst«, entgegnete sie mit ungewöhnlicher Grobheit.

Und er suchte ihn, der Alte, in der ganzen Burg, wobei er jeden fragte, dem er begegnete. Doch keiner, weder Venafro noch die Priesterin, noch Goffredo wußte, wo er war. Er suchte überall, in der Küche, in den Stallungen, trat schließlich auf den Hof, wobei er mit den Händen die lange Mönchskutte hochhob, um sie vor dem Matsch zu schützen. Der wunderschöne Hahn des Hühnerstalls, der über den Hof stolzierte und dabei seinen prächtigen rot-schwarz schillernden Schwanz so hoch er konnte reckte, kam ihm entgegen und krähte ihm sein durchdringendes Kikeriki zu. Der Abt machte Anstalten, ihm einen Fußtritt zu verpassen, und entblößte dabei seine rot-schwarz geringelten Socken. Irgend jemand lachte ausgelassen an einem Fenster, es klang nach dem Lachen einer Frau; der Abt blickte hoch, sah aber niemanden. Etwas verloren lief er im Hof umher, guckte hierhin und dorthin, versuchte, unter den allerlei Geräuschen, dem Rascheln und Schwatzen von Kreaturen, die in den Vertiefungen zwischen den Steinen versteckt waren, den Schritt oder den Atemzug eines Kindes herauszuhören. Unterdessen hatte er sich dem doppelten Ring bezinnter Mauern genähert.

Hier nun vernahm er plötzlich einen kurzen Flötenklang. Nur zwei Töne, die sich gleichmäßig in Abständen wiederholten und die an den Ruf des Kuckucks erinnerten. Ja, sagten sie, aber in Abständen und immer aus einer anderen Ecke kommend: Kuckuck, kuckuck, kuckuck. Während er auf der Suche nach dem Missetäter den Kopf schnell hin- und herwandte, überraschte er einen Stallburschen und ein junges Mädchen, die in enger Umarmung aus dem Kuhstall traten: Er trug in der Rechten einen großen Milchkübel, und während er mit dem freien Arm den Hals des Mädchens umfaßte, um es zu küssen, geriet der Kübel aus dem Gleichgewicht, die Milch schwappte über, und die junge Frau lachte; sie nahm ihm den Kübel ab, stellte ihn auf die Erde, ergriff dann seine beiden Hände und legte sie sich um die Taille, halste und küßte ihn.

»Ihr Schamlosen!« rief Ipocondrio und hob seine Mönchskutte an, um auf sie loszustürzen. Sie unterbrachen den Kuß, blickten zum Abt und machten sich lachend davon. Als der zu der Stelle kam, fand er nur noch den Eimer voll schäumender Milch. Unterdessen erklang, begleitet von einer Viola, ein Lied voll herzzerreißender Wehmut: Es drang aus der Kehle des Herzogs, der rittlings auf dem Balkongeländer saß und sehnsüchtig zum gegenüberliegenden Fenster der Marchesa blickte. Kuckuck, kuckuck, kuckuck: diesmal war der Flötenton ganz nah, hoch oben auf dem ersten Mauerring. Gewiß versteckte sich der freche kleine Flötenspieler im Laufgraben des ersten Mauerrings, der höher als der zweite war. Oder vielleicht brauchte er sich gar nicht zu verstecken, weil er so klein war, daß ihn das Mäuerchen verdeckte.

»Barmherziger Gott!« rief Ipocondrio und spähte mit zusammengekniffenen Augen nach oben. Er sah niemanden, doch ihm fiel ein, daß es hier ganz in der Nähe eine Treppe gab, die zum Laufgraben emporführte. Schon stand er vor ihr, stieg hoch, und ein heftiges Schwindelgefühl erfaßte ihn. Das Mäuerchen reichte ihm nur bis zu den Knien. Nichtsdestoweniger hob er mutig die Mönchskutte an und begann, sich mit vorsichtigen Schritten auf die Stelle zuzubewegen, von der der Flötenton gekommen war.

»Kuckuck, kuckuck, kuckuck«, aber diesmal ertönte der Ruf aus der entgegengesetzten Richtung. Entschlossen warf Ipocondrio die Mönchskutte nach hinten, drehte sich um sich selbst und änderte die Laufrichtung. Ja, diesmal war der Ton vor ihm, aber nicht nur ein bloßes Kuckuck. Der kleine Flötenspieler hatte eine Gavotte angestimmt und flötete im Laufen, denn der Abt hörte die Klänge immer vor sich. An einem bestimmten Punkt sah er ihn sogar, den kleinen Spitzbuben. Er lief nicht, noch rannte er, sondern tanzte wie ein kleiner Pan leicht und sicher im Schutze der Mäuerchen des Laufgangs dahin. Ipocondrio blickte nach unten, erstickte einen Angstschrei und schritt mit dem Mut der Pflichterfüllung weiter aus.

»Wenn ich ihn kriege …«, murmelte er und zwang sich zu rennen. Doch der Abt war zu hochgewachsen, und die Mäuerchen boten ihm nicht genug Schutz. Außerdem wallte ihm die Mönchskutte um die Beine und engte ihn gefährlich ein. Aber trotz alledem schritt er wacker voran. Nachdem die Gavotte verklungen war, trat eine ziemlich lange Stille ein. Obzwar von diesem Schweigen desorientiert, ging Ipocondrio weiter, als plötzlich hinter ihm ein wilder Saltarello anhob.

»Er ist um die Mauer herumgelaufen, der Satansbraten …«, murmelte der Abt mit atemloser Stimme und machte kehrt, um in die andere Richtung zu laufen, doch in seiner Hast ließ er die Tunika los, die er hochgehalten hatte, und ohne auf irgend etwas sonst zu achten, nahm er die Verfolgung der Musik auf, die sich hüpfend und immer schneller und fröhlicher entfernte … und so stürzte Abt Ipocondrio, in Erfüllung seiner Pflicht, von der höchsten Stelle des Mauerrings. Von den Fenstern der Burg aus sah jemand eine große schwarze Mönchskutte die Mauer herabwehen und dann auf dem Boden in einen reglosen Haufen zusammenfallen.

DER TROUBADOUR

»Veris ad imperia, eya,
renascuntur omnia, eya, ...«

Der April begann mit Regen, einem warmen, vom Schirokko gepeitschten Regen, der die Zweige der Bäume ausschlagen und die Samen in der Erde schwellen ließ. Eines Morgens, als der Himmel von regenschweren, sturmbewegten Wolken überzogen war, wurde die Marchesa durch einen von Lautenklang begleiteten Gesang unten im Hof geweckt. Der Regen trübte das Licht, das durch die Fenster drang, und der Wind trug das Lied herbei und verzerrte in ihm die menschliche Stimme, die es sang. Doch die Marchesa erkannte sie sofort wieder, diese Stimme, lief zum Fenster und sah durch die vom Regen benetzten Scheiben den in einen schwarzen Mantel gehüllten Sänger, die blonden Haare, die ihm an den Schläfen und am Hals klebten, und seine Augen, die auf sie gerichtet waren. Sie preßte die Handflächen gegen das Fenster und mit den Händen ihren ganzen Körper, als wollte sie das Glas durchdringen und hinaustreten, sich mit dem Regen und der Luft vermählen und dem Sänger entgegenfliegen. Er, der nach oben blickte, mußte die weiße Gestalt hinter dem regennassen Fenster gesehen haben, denn ihm bebte die Stimme beim Singen, und dann verstummte er, während seine Hand die Laute sinken ließ. Der Regen nahm an Heftigkeit zu und verwischte die Gestalt der Frau hinter der Scheibe und die des Troubadours unten im Burghof.

Als die Marchesa in die Vorhalle der Burg herunterkam, stand er da mit durchnäßtem Mantel und zerzausten Haaren, die ihm im Gesicht klebten.

»Ich habe Euch ein Geschenk mitgebracht, Marchesa«, dabei schlug er den Mantel auseinander und reichte ihr ein Körbchen mit Kirschen. Die Marchesa nahm es voll Erstaunen.

»So gibt es also eine Gegend«, sagte sie, »wo jetzt bereits die Kirschen reif sind?«

»Es gibt eine Gegend, Gebieterin, wo die Reben schon kleine Trauben ansetzen, wo die Malve in den Gärten blüht, wo die Früchte an den Bäumen bereits an die Stelle der Blüten treten.«

Die Marchesa nahm ihm den durchnäßten Mantel von den Schultern, ließ ihn trockene Sachen anziehen und lud ihn ein, sich vor den Kamin zu setzen. An der Wärme des Feuers reichte sie ihm einen Becher Wein und fragte ihn dann nach dem Ort, wo jetzt bereits jene großen roten Kirschen reiften, während in der Burg von Challant aus den Dachtraufen noch die letzten Schneereste tropfen.

»Ich verließ die verschneiten Täler Savoyens, als das Tauwetter einsetzte«, begann der Troubadour, »als die Berge noch voller Eis waren. Von der Burg von Chambéry bin ich eines Morgens im dichten Nebel des Tals aufgebrochen, um die Sonne zu suchen. Ich ritt nach Süden hinab und wandte mich zurück, um die Burg zu betrachten, in der ich den ganzen Winter verbracht hatte; von weitem grüßte ich die Türme in Gedanken und trieb mein Pferd zum blauen Meer hinab. Dann kam der Wald und entzog alles meinen Blicken, verdeckte den Himmel, den Berg und auch die Burg. Lange ritt ich in dem ungeheuren Forst dahin, der noch ganz trostlos vom Winter und vom Schnee war, und dabei dachte ich immerzu an das blaue Meer, auf dem die Sonne der Provence glänzt. Aber, ach, Gebieterin, wo war das Meer, wo war die Sonne? Ich irrte wie ein Blinder durch Wald und Nebel, und schon senkte sich eine sternenlose Nacht auf den düsteren Forst herab. Wäre irgendwo eine Hütte, ein Heuschober oder eine Höhle gewesen, so hätte ich mich schlafen gelegt wie ein König in seinem Bett aus Wolldecken: Aber es gab keinen Zufluchtsort, oder der Wald war so dunkel und dicht, daß ich keinen sah. Wir trabten traurig dahin, ich und mein Pferd, und unsere Herberge in jener Nacht bestand nur aus meinem Mantel. Ich lag bereits kraftlos auf seiner Kruppe, erschöpft von der Kälte, der Angst und dem Hunger, da spürte ich plötzlich, wie das Pferd unter meinem Körper lebhafter wurde, wie es einen Ruck machte und den Schritt beschleunigte. Ich hob den Kopf und nahm durch die müden Augenlider einen hellen Schein zwischen den nackten Zweigen der Bäume wahr, einen blassen, fahlen Schein von Helligkeit, wie das Morgengrauen, das mühsam durch die Wolken dringt. Der Forst lichtete sich allmählich, der graue Schimmer hellte sich auf, und als mich das gute Pferd aus dem Wald hinausgetragen hatte, befand ich mich in einer weiten, offenen Ebene, und in dem von der aufgehenden Sonne klaren Nebel hörte ich ein frisches Plätschern von Wasser. Der Nebel auf dem See von Bourget löste sich auf, während am Horizont die rote Scheibe der Sonne auftauchte und die noch immer vom Schnee weißen Berge und, weißer noch als diese, der heitere Anblick eines Klosters am jenseitigen Ufer enthüllte. Dorthin lenkten wir die müden Schritte, und dort nahmen uns die von Rauhreif bedeckten sicheren Mauern auf. Einen Tag und eine Nacht erholten wir uns im Kloster, und dann ritten wir abwärts, den Fluß entlang, der von den Bergen Savoyens zum Meer hin abfließt. Der Himmel wurde immer blauer, die Landschaft immer lebendiger; die Luft war mit dem Duft von Blumen geschwängert, einem warmen, bittersüßen Duft, den ich nach und nach einatmete, ohne zu wissen, woher er kam. Dann endlich sah ich sie, in Blüte stehend zwischen den Türmen von Avignon: die weißen Mandelbäume mit dem bittersüßen Duft, jene blühenden Mandelbäume unter mildem Himmel, dem selbst im Winter die Sonne nicht fremd ist. Die Stadt war voller Blumen, Narzissen und langen goldenen Schwertlilien, zu Sträußen zusammengebunden an den Stämmen der Eichen, die, träge und faul, noch nicht einmal ihr grünes Laub angesetzt hatten. Doch das blaue Meer rief mich nach Süden, und ich verließ Avignon inmitten von Bällen und Gesängen, die man dort im Frühling feiert, und da auf einmal grünte unter den Hufen des Pferdes die Camargue, durchsetzt von lilafarbenen Erikastauden und duftenden weißen Wasserlilien. Die Stuten weiden dort mit ihren Fohlen, die noch unsicher auf den dünnen, langen Beinen stehen, und die Wildpferde rennen in großer Schar zwischen den Eichen und den kaum erblühten Weißdornsträuchern umher. Und hoch am Himmel ziehen die Schwäne gen Norden.«

Die Marchesa lauschte verzückt und sah in den himmelblauen Augen des Troubadours die Nebel von Bourget und die Türme von Avignon, die Stuten der Camargue und die blühenden Mandelbäume.

»Auf einmal, Gebieterin, spürte ich, wie der Boden unter den Hufen des Pferdes weich wurde; breite Sumpfflecken wechselten sich mit Grasland ab, grünschimmernde Weiher mit sanften Hügeln, goldgelb vor lauter Schwertlilien. Und einen neuen Duft witterte ich in der Luft, einen schwachen Salzgeruch, vermischt mit dem süßen Duft von Mimosen. Bis ich plötzlich, von einem grünen Hügel herab, verschwommen im Abenddunst, das tiefblaue, stille Meer erblickte.«

»Das Meer, Troubadour? Sag mir, wie ist das Meer?«

»Das Meer ist der große Becher des Himmels, die unendliche Reise der Delphine, der blaue Tiegel durchsichtiger Kristalle. Ein fortwährender Schauder durchläuft es immerzu, wie einen riesigen Körper, der unendliche Liebkosung genießt.«

»Und dort, Troubadour, sind diese Kirschen gereift?«

»Ja, Gebieterin. Dort hat der Wind schon die Mandelblüten davongetragen und auch die Blüten der Pfirsich- und Kirschbäume. Dort treiben bereits die Weinreben und setzen Beeren an, dort reifen schon die ersten Früchte an den Zweigen, und dort habe ich Erdbeeren gepflückt, Gebieterin, und diese Kirschen für Euch.«

Er schwieg und betrachtete die Marchesa, die ganz sachte die schönen Kirschen im Körbchen berührte.

»Dank' dir, Troubadour« sagte sie, hob den Blick und sah nun ihn an, »du konntest mir kein willkommeneres Geschenk machen. Doch sag mir, wenn es dort unten so schön ist, warum bist du in diese Berge zurückgekehrt?«

»Ich werde Euch zu erklären versuchen, Gebieterin, was mir widerfahren ist. Als ich den Winter in Chambéry verlebte, zwischen tief verschneiten Bergen, war ich traurig, dachte aber, daß auch der Winter verginge und ich bei der ersten Frühlingswärme auf der Suche nach meinem Glück nach Süden ziehen würde. Und meine Ungeduld war so lebhaft, daß ich nicht einmal den Anbruch der schönen Jahreszeit abwartete und die Burg verließ, als sie noch in den Winternebeln versunken lag. Und ich war glücklich im Schneesturm und in der Kälte, denn ich stellte mir vor, daß mich dort unten die

Sonne, das Meer und der blaueste Himmel der Welt erwarteten. Als ich mich im Forst verirrte, hatte ich zwar Angst, aber ich war nicht unglücklich, weil ich wußte, daß ich für das überleben mußte, was mein Herz erwartete, das versprochene und sichere Glück. Und an dem Morgen, an dem sich der Nebel über dem See auflöste, war ich, fröstelnd in meinem durchnäßten Mantel, glücklich wie ein König. Und glücklich ritt ich hinunter durch die schöne Provence von Burg zu Burg, wie ein Krieger, der auszieht, die Welt zu erobern; und der Frühling gewann täglich an Macht. Als ich in Avignon eintraf, strahlte er auf jedem Zweig, auf jedem Grashalm, in der Luft des Tages und der Nacht, in der Morgendämmerung und im Sonnenuntergang: Von den Türmen der Stadt erblickte ich die schönste Landschaft der Welt, aber da merkte ich, daß ich nicht glücklich war ... Ich hatte die Hände voller Lilien und wußte nicht, wem ich sie darbringen sollte. Meine Laute blieb noch stummer als während des rauhen Gebirgswinters. Die blauroten Erikasträucher der Camargue brachen mir das Herz, bei den Sonnenuntergängen litt ich so sehr, daß ich fast hätte weinen mögen, und je schöner die Welt wurde, je blauer der Himmel war, je mehr das Land lachte ... desto trauriger war mein Herz. Als ich zum Meer kam, setzte ich mich auf einen Felsblock, der am Strand lag, und betrachtete mein Spiegelbild im Wasser, das durchsichtig und ruhig wie das eines Sees war. Dort geschah es, Gebieterin, daß ich meinen ganzen Kummer ermessen konnte, als ich in jenem kristallklaren Wasser mein Bild sah, allein. Auf einmal bewegte sich das Wasser unter mir, gab einen winzigkleinen Schauer von sich: Ich weinte, Gebieterin.« Hier schwieg der Troubadour und betrachtete die Marchesa.

Sie lächelte still, nahm dann ein Kirschzweiglein aus dem Korb und bot es dem Troubadour auf ihrer weißen Hand an. »Essen wir, Troubadour«, und mit diesen Worten führte sie eine Kirsche an ihre Lippen.

»Dann«, fuhr der Troubadour fort, nachdem er die ihm von ihr gereichte Kirsche gegessen hatte, »wendete ich mein Pferd gen Norden und ritt auf einem anderen Weg wieder in die Berge hinauf. Und so wie ich nach und nach die rauhe Natur des Nordens wiederfand, so öffnete sich mein Herz dem Gesang und der Hoffnung, mein Körper erwärmte sich, je kälter die Luft wurde. Als wir in Sichtweite dieser Mauern kamen, trabten wir unbefangen und fröhlich dahin, ich und mein Pferd, unter dem Regen, als wäre er die Sonne, und der graue Himmel war für uns tiefblau und die Wolken silberne Gestirne, und der Schlamm des Weges kam uns wie ein weicher Blumenteppich vor. Als ich unter Eurem Fenster sang, war der Regen für mich die wärmste Liebkosung des Frühlings, und nun, Gebieterin, bin ich hier und schaue Euch an … Laßt mich Eure Füße küssen, Gebieterin«, sagte der Troubadour, indem er vor der Marchesa niederkniete, die auf der mit Fellen bedeckten geräumigen Bank saß. Der Regen hatte aufgehört, und der Mond stieg hinter dem Berg empor, tauchte das Gemach der Marchesa in ein blasses, weißliches Licht. Sonstige Leuchter oder Öllampen gab es nicht. Die Frau nahm sein Gesicht in beide Hände und sagte:

»Steh auf, Troubadour, es ist nicht nötig, daß du mir die Füße küßt. Küß lieber meinen Mund.«

Der Troubadour betrachtete sie gedankenverloren.

»Ich will deinen unschuldigen Körper nicht entweihen.«

»Du entweihst nichts. Auch danach wird mein Körper

so unschuldig sein wie zuvor, und glücklicher. Komm zu mir, Keimling, damit du beim Klang meiner Stimme erwachest, Sproß, damit du dich an der Wärme meiner Hand erhebest, Blume, damit du beim Kuß meines Mundes erblühest. Komm und vertreibe die Schwermut aus meinem Körper und dem deinen.«

Der Morgen danach war der eines wirklichen Frühlingstags. In der Morgensonne, die den Burghof überflutete, saß der Troubadour auf seinem Pferd und stimmte die Laute. Cicco sah ihm von unten mit großen Augen zu: Noch nie hatte er den Klang einer Laute vernommen. Als das Instrument gestimmt war, beugte sich der Troubadour vom Pferd zu dem Jungen herab und sagte: »Das ist für dich, Cicco.« Und er stimmte jene Ballade an, die mit »A l'entrada del temps clar« beginnt und die irgend jemand komponiert hatte, um den Frühling und seine Königin zu grüßen. Das Kind schaute lachend zu und klatschte bei jedem Versende, wenn der Sänger aus voller Kehle sein frohlockendes »eya« rief, in die Hände.

Doch nach der ersten Strophe verstummte der Troubadour und schaut vor sich hin: In wenigen Schritten Entfernung musterte Herzog Franchino ihn mit einem Blick, der keine Zweifel zuließ.

»Reist Ihr ab, Troubadour?« fragte der Herzog mit barschem Ton.

»Nein, mein Herr, ich bleibe, mit Eurer Erlaubnis«, antwortete der Jüngling mit gesenkter Stimme.

»Ihr irrt Euch, Herr, Ihr reist ab«, und unter diesen Worten machte der Herzog auf dem Absatz kehrt und begab sich wieder in die Burg.

Der junge Mann verharrte lange in Schweigen, dann

nahm er die Laute und sang wutentbrannt den Refrain seiner Ballade, so laut er konnte:

»Fort von hier, fort von hier, ihr Neider.«

Doch mittlerweile war er nicht mehr glücklich, und Tränen der Wut traten ihm in die Augen. Er schwieg, leichenblaß im Gesicht, und murmelte in Richtung der Tür, durch die der Herzog verschwunden war: »Verflucht, verflucht, verflucht.«

Cicco sah ihn an, ohne aus diesem plötzlichen Stimmungsumschwung schlau zu werden. Der Troubadour beugte sich zu ihm herab und hob ihn auf den Rücken seines Pferdes:

»Komm, Cicco, komm mit mir!« Und sie galoppierten dem Wald zu. Niemand hatte dieser Szene beigewohnt, niemand den Mann mit dem Kind wegreiten sehen. Später wußte keiner, wo sie waren, und alle suchten nach ihnen. Der Herzog schwieg.

Die beiden waren im Wald und liefen hurtig zwischen den Baumstämmen umher und suchten den Boden ab.

»Hierher, Cicco, komm hierher, da ist ein ganz großer«, rief der Troubadour. Der Knabe kam herbeigerannt und beugte sich über den Erdhaufen eines riesigen Ameisenhügels. Große schwarze Ameisen liefen nach allen Seiten, um ihren merkwürdigen Geschäften nachzugehen. Mit geschickten Fingern begannen nun der Mann und das Kind Ameisen zu fangen, um sie dann in eine Holzschachtel zu sperren, die der Mann bei sich hatte und die zu anderer Zeit zur Aufbewahrung des Schlüssel gedient hatte, mit dem man die Saiten der Laute spannt. Als sie meinten, genug von den Insekten gefangen zu haben, wurde die Schachtel sorgfältig geschlossen, und auf dem

Pferd des Troubadours tauchten die beiden wenig später im Burghof auf.

»Cicco, schwöre bei deiner Ehre, daß du mit niemandem über das hier sprichst«, sagte der Troubadour, indem er mit der Hand auf die Schachtel schlug, die in der Tasche, die er umhängen hatte, widerhallte. Todernst sah ihn der Knabe an und bekundete Einverständnis.

An jenem Abend, am Ende eines für einige der Burgbewohner stürmischen und qualvollen Tages, als alle sich zu Bett begeben hatten und sich bereits anschickten, die Sorgen des Lebens im Schlaf hinter sich zu lassen, weckte plötzlich ein Angstschrei die Burg, ein Schrei, der aus dem Gemach des Herzogs kam und den nicht einmal die dicken Mauern zu dämpfen vermochten: Alle sprangen aus ihren Betten und stürzten zum Ort des Schreis, doch die Äbte, die in den Zimmern neben dem des Herzogs schliefen, waren bereits zur Stelle und betrachteten entsetzt und fassungslos die von schwarzen Insekten wimmelnden weißen Leintücher. Niemand konnte sich erklären, was vorgefallen war. Der Herzog hatte einen Verdacht, hüllte sich jedoch in Schweigen. Einer, obzwar auch er den Schrei gehört hatte, blieb ruhig in seinem Bett liegen und erstickte das Lachen im Kopfkissen. Cicco hatte versucht wach zu bleiben, um zu sehen, wie die Sache mit den Ameisen ausginge, doch es war ihm nicht gelungen, und so vermochte ihn nicht einmal der Schrei des Herzogs zu wecken.

»Nähe mir den Bergkristall auf mein Wams, Marchesa, nähe ihn hier an, wo mein Herz schlägt, wo der Muskel des Lebens die Adern meines Körpers benetzt. Nähe ihn neben den lächerlichen, schwarzleuchtenden Karfunkel, neben den kostbaren Rubin, der Unglück bringt.« Mit diesen Worten bat Abt Mistral die Marchesa von Challant, die ihn stumm und nachdenklich ansah. »Ich will fort von dieser Burg und in die Welt hinaus, um mein Glück zu versuchen.«

»Warum willst du fortgehen, Mistral?«

»Weil ich in deine Augen gesehen und dort Liebe erblickt habe. Aber nicht für mich. Nähe mir den Bergkristall mit deinen Händen an, damit ich ihn auf der Brust spüre, wenn ich weit weg sein werde.« Diesmal lächelten die grauen Augen des Abts Mistral nicht, sondern waren traurig und tief.

»Der Frühling bringt dieser Burg kein Glück, Mistral. Du hast in meinen Augen Liebe gesehen, doch die Tränen sind dir entgangen.«

»Es kommt oft vor, daß Tränen mit der Liebe einhergehen. Aber das ist nicht notwendigerweise so, Marchesa. Ich wünsche dir, daß der Wind bald deine Tränen trocknet. Und sollten sie dennoch nicht trocknen, so wisse, daß es besser ist zu weinen, weil man liebt, als nicht zu weinen, weil einem das Herz leer ist.«

Die Marchesa nahm das Wams, das ihr Mistral reichte, um darauf den klaren Bergkristall anzunähen, der dem Herzen der Erde entspringt. In diesem Moment trat Herzog Franchino ein, und der Gesichtsausdruck der Marchesa wurde eisig. Der Herzog schien in Verwirrung zu geraten und errötete:

»Ihr müßt mich verstehen, gnädige Frau, jener Jüngling hat es mir gegenüber an Respekt fehlen lassen, hier, in meinem Haus.«

Die Marchesa betrachtete ihn lange mit harten Augen.

»Ihr wißt sehr wohl, daß Ihr ihn nicht deshalb fortgejagt habt.«

»Warum? Es erscheint Euch belanglos, daß man mir Ameisen ins Bett setzt? Mir?«

»Die Ameisen sind allesamt entfernt worden. Ach geht, Herzog, Ihr wißt sehr gut, daß Ihr ihm schon vorher befohlen hattet, die Burg zu verlassen.«

»Nun gut«, erwiderte der Herzog mit hochrotem Kopf, »Ihr habt recht, aber Ihr wißt auch, warum ich es ihm befohlen habe … zwingt mich nicht, noch deutlicher zu werden; auch meine Empfindsamkeit hat ihre Rechte.«

Die Marchesa sah ihn lange an und sagte dann:

»Ihr solltet nie vergessen, daß eine Frau das Recht hat, sich selbst den Mann zu wählen, für den sie leidet.« Und damit verließ sie das Zimmer.

Der Herzog blieb mit Abt Mistral allein zurück, der sich ihm ernst und nachdenklich zuwandte:

»Gestattet mir zu bemerken, mein Herr, wenn sich der Troubadour Euch gegenüber eine Unschicklichkeit hat zuschulden kommen lassen, so habt Ihr einen schweren Fehler gegenüber der Marchesa begangen. Ich würde Euch raten, mit diesem Jüngling Frieden zu schließen und ihm Eure Gastfreundschaft zu erweisen. Und ich möchte, daß Ihr das noch vor meiner Abreise tut.«

»Warum? Ihr reist ab, Mistral?«

»Ja, mein Herr.«

»Aber Eure Abreise stimmt mich aufrichtig traurig. Warum wollt ihr fortgehen? Und wohin?«

»Den Grund nenne ich Euch lieber nicht«, lächelte Mistral, »das Ziel kann ich Euch nicht nennen, weil ich es selbst nicht weiß.«

»Verstehe«, sagte der Herzog und senkte den Kopf.

Noch am selben Abend nahm Herzog Franchino den Troubadour beiseite und sagte ihm, er könne, wenn er wolle, in der Burg bleiben, und er bat ihn, zu vergessen, daß er ihm befohlen hatte zu gehen. Der Troubadour dankte ihm, erwiderte aber, daß er selbst beschlossen habe abzureisen, und das aus freien Stücken, und er verabschiedete sich vom Herzog. Schwerer fiel ihm der Abschied von der Marchesa. Sie konnte seine Gründe nicht verstehen und erklärte immer wieder, sie seien nicht stichhaltig.

»Wenn du bleibst, Troubadour, wird der Herzog unglücklich sein, daran besteht für mich kein Zweifel, aber wenn du gehst, wird er nicht weniger unglücklich sein, und darüber hinaus auch ich und vielleicht auch du. Es wird noch mehr Unglück auf der Welt geben, das ist alles.«

»Euer Argument mag durchaus richtig sein, aber ich kann nicht mehr bleiben. Ich vermag Euch nicht zu erklären, warum, aber ich will nicht glücklich sein und mich dabei schuldig fühlen.«

»Möglicherweise wirst du dich nicht schuldig fühlen, wenn du gehst, weil du unglücklich sein wirst; aber in Wirklichkeit wirst du viel mehr Schuld auf dich laden.«

Als der Troubadour am nächsten Morgen aufbrach, begleitete ihn die Marchesa nicht zum Tor. Sie blieb in ihrem Gemach und sah ihm vom geschlossenen Fenster aus nach.

Langsam und allein, das Bündel hinter den Sattel geschnallt, ritt er auf seinem Pferd den Burgmauern zu. Plötzlich trat Cicco in den Hof und lief ihm nach: Er bewegte irgend etwas in der Hand, etwas mit einem langen Stiel, an den Bänder geknüpft waren. Die Marchesa kniff die Augen zusammen und erkannte die Laute des Troubadours: Er hatte sie vergessen. Cicco reichte sie ihm aufs Pferd, und der Mann schien ihm zu danken, herzte ihn, löste dann die Bänder vom Griff der Laute und gab sie dem Kind, wobei er ihm etwas sagte. Dann ritt er davon. Wenig später trat Cicco ins Gemach der Marchesa und übergab ihr die Bänder. Sie weinte.

Am Abend desselben Tages brach auch Mistral auf. Die Marchesa half ihm in sein Wams, auf das sie mit eigenen Händen den durchsichtigen Bergkristall genäht hatte.

»Ich sehe, daß Ihr traurig seid, Gebieterin. Aber ich weiß, es ist nicht meinetwegen.«

»Ihr irrt Euch, Mistral. Wegen des Troubadours bin ich betrübt, traurig bin ich Euretwegen.« Mistral, bereits auf seinem schönen Pferd sitzend, dem aus den wilden Prärien der Camargue stammenden schwarzen Souveral, beugte sich herab, nahm ihre beiden Hände und küßte sie lange.

»Wohin geht Ihr, Mistral?«

»Ich weiß es nicht, Marchesa. Auf die Suche nach meinem Glück.« Er richtete sich auf dem Pferd auf und wandte das Profil gegen die untergehende Sonne. »Glaubt Ihr, daß ich noch einer gefallen kann?« fragte er und schaute von oben lächelnd auf die Marchesa herab.

»Ganz gewiß. Ihr seid ein schöner Mann.«

»Danke, Gebieterin. Ich denke, ich mache mich daran, die Königin von Frankreich zu verführen. Doch wenn mir das nicht gelingt, werde ich wieder mein Abtsgewand anlegen und mich zum Papst krönen lassen; und wenn ich auch dabei scheitern sollte, so habe ich hier mein Schwert«, sagte er und schlug sich dabei auf die Flanke, »um mir ein Königreich zu erobern.« Die Marchesa lächelte unter Tränen.

»Und wenn alles schiefgeht, Gebieterin«, fuhr er mit gedämpfterer Stimme fort, »kehre ich in diese Burg zurück, um Euch wieder lächeln zu sehen, und solltet Ihr mich dann aufnehmen, werde ich glücklich sein, daß alles schiefgegangen ist.« Damit gab er dem Pferd die Sporen und sprengte zum Burgtor hinaus.

DER VENEZIANISCHE KAUFMANN

Der venezianische Kaufmann war ein stattlicher Herr von etwa fünfzig Jahren, mit den Spuren früherer Schönheit im lebhaften Gesicht und in den ausdrucksvollen Augen. Er war auf einem großen, schönen Maultier mit einigen Knechten und etlichen schwer beladenen Eseln angekommen. Aber das, was am meisten in die Augen stach, war seine prunkvolle Aufmachung, bestehend aus langen schwarzen Samtstrümpfen, auf die eine weite Jacke aus rotem Tuch herabfiel, deren Falten in der Taille von einem breiten Gürtel zusammengehalten wurden; darüber trug er ein kurzes Cape, schwarz wie die Strümpfe und von enormer Weite. Eine solch elegante Erscheinung hatte man in diesen Tälern noch nie gesehen. Und das Erstaunlichste war die aus massivem Gold getriebene große Gürtelschnalle, in die der Kaufmann seine Hände zu stecken pflegte, wenn er sprach, was er auf eine feierliche Art tat, die ihm das Gepräge eines Redners verlieh. Alles an ihm verriet den an Wohlstand gewöhnten Mann, der im weltmännischen und erlesenen Ambiente einer Stadt wie dem damaligen Venedig gelebt hatte.

Er war am frühen Nachmittag eines strahlenden Maientages angekommen und hatte sich von einem vorausgeschickten Knecht ankündigen lassen, so daß er bei seiner Ankunft die Herrschaften zu seinem Empfang im Saal versammelt fand. Daher war seine Ankunft feierlicher als die jedes anderen, und dies schien ihm nicht wenig Genugtuung zu bereiten, so daß er sich beim Betreten des Saals befriedigt umsah. Sogleich kam ihm die Marchesa entgegen, und er verneigte sich vor ihr und küßte ihr die Hand. Dann begrüßte er alle Anwesenden nach ihrem Rang, ohne den geringsten Fehler hinsichtlich der hierarchischen Ordnung zu begehen, so, als kenne er die Bewohner der Burg schon seit eh und je. Auch schien er auf ihren Gesichtern die Spuren der kürzlich erlebten Stürme zu bemerken, besonders auf dem Antlitz der Marchesa, das in der Tat außerordentlich blaß war.

»Gebieterin«, sagte er galant zu ihr, »seit langem schon höre ich von Eurer großen Schönheit erzählen, aber die Wirklichkeit übertrifft jegliche Vorstellung. Und wahrlich denke ich, daß, wenn Ihr lächelt, alles um Euch herum davon angesteckt wird. Ich hoffe, ich werde das Glück haben, Euch lächeln zu sehen.«

»Habt Dank, mein Herr«, erwiderte die Marchesa. »Ich wünsche mir, daß Euer Aufenthalt in dieser Burg nicht allzu traurig werde; bei uns steht der Sommer in Blüte, und wenn Ihr möchtet, werden wir Euch unseren Rosengarten zeigen: Der Anblick der Blumen kann vielleicht das Herz erfreuen, auch dem, dessen Herz voll Schwermut ist.« Bei diesen Worten neigte der Herzog das Haupt, und Venafro sah die Marchesa durchdringend an.

»Der Frühling, Marchesa«, fuhr der Kaufmann fort, »ist oft grausamer als der Winter, weil er mit der neu erwachten Schönheit die im Herzen schlafenden Sinne entzündet. Und er ist um so schöner, je trauriger der Winter ist, und verursacht um so mehr Leiden, je schöner er sich entfaltet. Es ist ein Naturgesetz, meine Herrschaften«, rief er aus und ließ den Blick über die Anwesenden schweifen und schob dabei die Hände unter seine Gürtelschnalle. Und nach einer kleinen Pause fügte er hinzu:

»In meiner Heimat, die sich zur Adria hin öffnet, ist der

Unterschied zwischen dem Winter und der schönen Jahreszeit nicht so groß, da stets grüne Lorbeerbäume und Zypressen die Gärten meiner herrlichen Stadt schmücken und der Himmel im strengen Januar auch nicht weniger mild sein kann als im bunten Mai.«

»Ich habe oft sagen hören«, warf die Marchesa sanft ein, »daß Eure Stadt unvergleichlich schön sei.«

»Schöner, als Ihr Euch vorstellen könnt, Gebieterin. Täglich, stündlich vergehe ich vor Sehnsucht, wenn ich wieder an die weißen Marmorpaläste denke, die sich im Wasser der Kanäle spiegeln, an die vertrauten geheimen Gassen, wo jeder Stein eine kostbare Skulptur von antiker Hand sein kann, an die prachtvollen Segelschiffe, die aus dem Orient eintreffen und wunderbare Kostbarkeiten mitbringen.«

»Aber warum, mein Herr«, wandte Venafro ein, »habt Ihr dann ein so liebliches Land verlassen, um in diese Berge zu kommen?«

»Ach, wie kummervoll ist es, den Gedanken an das so traurige Los zu erneuern, das in diesen Zeiten meine Heimat bedrückt! Wenn ich die Reichtümer und Behaglichkeiten, meinen Palast und die Gesellschaft meiner teuren Freunde zurückgelassen habe, so geschah dies gewißlich nicht ohne schwerwiegende Gründe, Herrschaften. So schwerwiegend, daß es mir Kummer bereitet, auch nur daran zu denken. Aber da Ihr mich so liebenswürdig aufgenommen habt, mich, umherirrend fern des Vaterlandes, gezwungen, vom Verkauf von Kleinigkeiten, Schmuck und exotischen Düften zu leben, als armer fliegender Händler, ich, der ich zu den größten Kaufleuten Venedigs gehörte, ich sage Euch, Herrschaften, meine Stadt ist von einem solch ungeheuren Unheil heimgesucht worden, daß das Volk und die besseren

Leute darüber bestürzt sind, so daß jedermann, bleich und zweifelnd, wenn er einem Freund begegnet, ihn mit Argwohn betrachtet.« Er nahm einen kräftigen Schluck aus dem Becher mit Wein, der ihm serviert worden war, holte tief Luft und erzählte weiter: »Ihr müßt wissen, Herrschaften, daß meine Heimatstadt und das umliegende Land ganz plötzlich von einer bisher unbekannten Krankheit befallen wurden, einer so schrecklichen Krankheit, daß sie alle Leute mit Entsetzen erfüllt, einer Krankheit, der die Gelehrten einen noch nie gehörten Namen gegeben haben.«

»Welchen Namen, Herr?« fragte Meister Goffredo, bei dem die letzten Worte des Kaufmanns großes Interesse geweckt hatten.

»Man hat sie Nabelkrankheit genannt.«

»Nabelkrankheit?« wiederholte Goffredo buchstabierend.

»Ja, Herr. Es ist eine Krankheit, die den Nabel befällt und abtötet.« Alle schauten sich verwundert an.

»Den Nabel abtötet?« fragte Goffredo, interessierter denn je, noch einmal.

»Den Nabel abtötet, sie läßt ihn austrocknen und abfallen wie ein welkes Blatt im Herbst, und der Unglückliche, den sie erfaßt, hat plötzlich einen völlig makellos glatten Bauch, so, als sei er nie von einer Mutter geboren worden.« Ein Murmeln lief durch den Saal. »Es ist eine geheimnisvolle Krankheit, meine Herrschaften, deren Ursache man ebenso wenig kennt wie die Art der Übertragung. Wir wissen lediglich, daß sie sich, leider, sehr leicht überträgt. Ich und meine Gesellen gehören zu den wenigen, die sich vor ihr gerettet haben. Alles begann an dem Tag, als die schöne Contessa Mariola sich anschickte, mit dem geliebten Gemahl schlafen zu gehen. Nichts hatte sie bemerkt, die schöne Frau, weder als sie sich entkleidete noch als sie sich, wie es ihre Gewohnheit war, im Spiegel betrachtete, um zu überprüfen, ob nicht etwa Falten oder Furchen ihren schönen Hals und ihr Dekolleté verunzierten. Eine im übrigen recht haltlose Befürchtung seit der Zeit, da ich selbst aus dem Orient jene wahre Wunder wirkende Salbe habe kommen lassen, die aus den Zeugungsorganen des Bibers gewonnen wird, eine überaus kostbare und seltene Salbe, deren Herstellung mich immer mit Traurigkeit erfüllt, wenn ich an die anmutigen und unschuldigen Tierchen denke, die verstümmelt in der Welt umherlaufen, ohne mehr den Lohn der Liebe genießen zu können. Aber was tut man nicht alles für die Schönheit der Frauen? Und diese Salbe, das versichere ich Euch, tilgt mit den Falten auch die Erinnerung. Die schöne Contessa erwartete also im Ehegemach den schuldigen Dank für ihre Hingabe, aber ausgerechnet im ehelichen Bett entdeckte der Gefährte sogleich die grausame Verstümmelung. Wo er das geliebte Mal zu finden glaubte, das schon Salomon so sehr entzückte, spürte er nur glatte, gespannte Haut; zuerst dachte er, sich in der Stelle geirrt zu haben, und tastete mit bereits zitternder und angstvoller Hand schweigend weiter; dann setzte er sich im Bett auf, nahm eine Lampe, hielt sie vor den Bauch der Gemahlin und war sprachlos vor Bestürzung und Erstaunen. Bei seinem Anblick richtete sich die Contessa auf, um ihren weißen Körper zu betrachten, wähnte sie doch, eine Falte oder einen kleinen Fleck zu entdecken, doch sie verstummte, starr vor Entsetzen, als sie feststellte, daß ihr ganzer Bauch gleichmäßig glatt war. Lange weinte sie bittere Tränen, und nur mit größtem Widerstreben ließ sie am nächsten Morgen den berühmtesten Chirurgen Venedigs kommen, der ihr, ehe sie ihm ihren Fall unterbreitete, schwören mußte, daß er das schreckliche Geheimnis niemandem verraten würde. Doch es gab keine Wissenschaft und kein Wundermittel, die die Contessa hätten heilen und ihr den schönen Bauch hätten wiedergeben können, auf den sie immer so stolz gewesen war. Und um das Maß ihres Unglücks vollzumachen, bildete sich die schöne Frau, als sie am Tag darauf durch Venedig bummelte, ein, auf dem Gesicht eines jeden, der ihr begegnete, ein höhnisches oder mitleidiges Lächeln wahrzunehmen. Doch sollte der Chirurg auch geplaudert und damit seine Schweigepflicht verletzt haben, so wurde ihm das sogleich auf traurige Weise vergolten: Als er sich eines Abends auszog, fiel nämlich ein kleines Blatt von unbestimmbarer Farbe zu Boden. Völlig entgeistert betrachtete er sich im Spiegel: Auch ihm war der Nabel abgestorben. So wurde allen offenbar, daß die Krankheit höchst ansteckend war. In Kürze wurde die ganze Stadt davon infiziert. Vor lauter Scham sprach zwar niemand darüber, doch man sah es den düsteren oder übertrieben heiteren Gesichtern an, daß das Unglück bereits hereingebrochen war. Die schönen und einstmals fröhlichen Frauen wurden mit einemmal sehr prüde und wollten mit dem Geliebten nur noch in bekleidetem Zustand schlafen, so, als gingen sie zur Kirche. Allerdings suchte ohnehin niemand mehr die Liebe, sei es, weil Männer und Frauen fürchteten, sich anzustecken, sei es, weil sie sich schämten, den glatten Bauch zu zeigen, des süßen Mals beraubt, das der Daumen Gottes hinterlassen hatte, als dieser den ersten Menschen schuf, indem er den noch toten Lehm aufrichtete, um ihn zum Trocknen in die Sonne zu stellen. Wer rechtzeitig gewarnt war, machte sich davon. Ich entging der Krankheit, weil ich mich damals mit meinen Dienern auf der schönen Insel Zypern aufhielt, um Perlen zu erwerben, die ich in Venedig verkaufen wollte.« Hier nun schwieg der Kaufmann mit trauriger Miene.

»Aber richtet denn diese Krankheit noch anderen Schaden an, als den Nabel auszutrocknen?« fragte Herr Goffredo.

»Nein, das nicht. Aber erscheint es Euch ein geringer Schaden, jenes Mals beraubt zu werden? Möchtet Ihr leben«, fuhr er, zur Marchesa gewandt, fort, »möchtet Ihr denn ohne Nabel leben, gnädige Frau?«

»Aber ja, lieber als zu sterben«, entgegnete gedankenvoll die Marchesa.

Dennoch wollte das betrübliche Unheil von Venedig keinem mehr aus dem Kopf gehen, und obwohl man beim Essen und beim Wein saß, dauerte die Unterhaltung über jene geheimnisvolle Krankheit an.

»Marchesa«, sagte der Kaufmann, um von den allzu ernsten Gesprächen wegzukommen, »wollt Ihr, daß ich Euch ein sehr seltenes Stück meiner Ware zeige, das aus China stammt und das man fast für Zauberwerk halten könnte?« Und er zog aus seiner Jacke eine Brille seltsamer Machart, mit lupenreinen und ziemlich dicken Gläsern, geschliffen wie ein Diamant.

»Diese Brille«, sagte er, sie zwischen zwei Fingern haltend, »hat die unschätzbare Eigenschaft, das, was man betrachtet, zu verneunfachen. Ich sehe Euch neunmal«, sagte er, indem er die Marchesa durch die Brille fixierte, »und neunmal würdet auch Ihr mich sehen. Neunmal kann man die Sonne am heiteren Himmel sehen und neunmal eine Freude, wie selten und kostbar sie auch sei. Neunmal kann die Liebende den Geliebten sehen, auch wenn nur einer zum Küssen da ist. Möchtet Ihr es einmal selbst versuchen?« Und er reichte der Schönen die geheimnisvolle Brille. Die Marchesa nahm sie mit zögernder Hand, sah durch sie hindurch und erblickte den lächelnden Kaufmann neunmal, und alles, worauf sie den Blick richtete, erschien durch die Gläser, als sei es neunfach vorhanden. Sämtliche Tischgenossen wollten das Experiment machen, und alle versetzte es in große Verwunderung, und sie betrachteten jeden Gegenstand oder das Gesicht, das im Herzen das heißeste Verlangen weckte. Viele Blicke fixierten die Marchesa, viele, wenn auch heimlich, Meister Goffredo. Der Abt Leonzio fixierte Fräulein Pilar, die hübsche, fröhliche Andalusierin.

Abt Leonzio war rotgesichtig und korpulent, mit roter Haut und roten Haaren und hatte merkwürdig auseinanderstrebende Augen, von denen das rechte dies, das linke etwas anderes betrachtete. Obwohl man nicht sagen konnte, welchen Gegenstand er fixierte, fielen der Marchesa dennoch die vielen Blicke auf, die er Pilar zuwarf, und um ihm eine Freude zu bereiten, beschloß sie, dem Kaufmann die Brille abzukaufen und sie dem Abt zu schenken, damit er sich sattsehen könne, zumal er doch andere Sinne nicht befriedigen konnte. Nach dem Essen verhandelte Bianca insgeheim mit dem Kaufmann, erwarb die Brille und schenkte sie dann Leonzio zum Trost. Doch, ach, die Burg von Challant wurde nun abermals von einem grausamen Schlag des boshaften Schicksals getroffen, und das liebenswürdige Geschenk verwandelte sich auf heimtückische Weise in eine hinterhältige und tödliche Waffe. Nach Gottes Willen geschah es, daß die schöne Pilar so zum Spaß den Abt Leonzio einlud, mit ihr im Rosengarten spazierenzugehen, um mit besagter Brille den Anblick der roten Rosen der Marchesa zu genießen. Und unter Geplauder und Neckereien entbrannten dort die Sinne des Abts, der von Natur aus heißblütig und entflammbar war und die Brille trug, die ihm die Marchesa geschenkt hatte. Es dauerte nicht lange, da konnte sich, wie es Gott eben gefiel, der Abt nicht mehr beherrschen, nur die neun Gesichter Pilars zu sehen, sondern wollte irgendeines davon mit den Händen berühren und an sich ziehen, und etliche Male streckte sich die Hand nach der ersehnten Gestalt aus, doch ohne jemals die echte zu fassen, sondern lediglich eine leere, ungreifbare Erscheinung. Und da fing er an, in verschiedene Richtungen zu laufen, den Bildern hinterher, die andauernd changierten und auf einmal ganz verschwanden, da die schöne Pilar aus Spaß am Spiel sich hinter einem Rosenbusch versteckte und auf der anderen Seite wieder daraus hervortrat. Und Leonzio rannte von einem Rosenstock zum anderen, wobei er sich die Hände arg an den Dornen verletzte, und fiel zwischen den Pflanzen zu Boden, stand ganz außer Atem wieder auf, um seine vergebliche Jagd aufs neue zu beginnen, während überall im Garten das Lachen der Schönen erscholl, bis er sich erschöpft und beklommen ums Herz zwischen die Rosenstöcke hinstreckte und nicht mehr aufstand.

»Man braucht sich nicht zu wundern, gnädige Frau, wenn einige Dinge zu einem anderen Ziel führen als dem ihrer Bestimmung«, sagte der Kaufmann am Tag darauf, als er mit der Marchesa im Rosengarten spazierenging. »Wie wenn Ihr eine Rose pflückt«, fuhr er fort, indem er dies auch tat, »um sie einem teuren Freund zu schenken, und er sich an den Dornen sticht, die zwischen Blättern verborgen sind, so kann etwas, das mit guter Absicht geschieht, der Person, die Ihr erfreuen wolltet, zum Schaden gereichen. In dem, was geschieht, steckt etwas, das uns rätselhaft bleibt und sich unserem Willen entzieht wie ein Blitz aus heiterem Himmel. Nicht alles, was geschieht, verursachen wir, bei einem Großteil desselben ist das Schicksal die Ursache oder auch der Zufall.« Mit diesen Worten entfernte er die Dornen von der Rose, die er gepflückt hatte, und reichte sie der Marchesa.

DIE HIMMLISCHE GERECHTIGKEIT

Doch der Frühling brachte noch weiteres Unglück über das schöne Land derer von Challant, gleichsam als wollte er den Ausspruch dessen unter Beweis stellen, der zu dem Urteil gelangt war, daß der Lenz eine grausame Jahreszeit sei, der man nicht trauen könne. So vernehmt denn, was dem Abt Prudenzio widerfuhr, diesem liebenswürdigen, galanten Mann, den die Damen mit Wohlgefallen betrachteten und dessen Lippen stets ein verführerisches Lächeln umspielte. Er hatte sich ein etwas geziertes Gebaren zu eigen gemacht, um den Leuten noch mehr zu gefallen, und es war ihm derart zur Gewohnheit geworden, daß es wie angeboren wirkte. Hübsch anzusehen und elegant in seinem Äußeren, zeichnete er sich zudem als hervorragender Tänzer und Reiter aus. Doch obgleich ihn viele, weiblichen wie männlichen Geschlechts, wohlgefällig betrachteten und er in so manchem Herzen süße Absichten und geheime Wünsche geweckt haben mochte, kannte man dennoch niemanden, dem Abt Prudenzio mehr als ein Lächeln und wohlgesetzte Worte geschenkt hätte. Und es ging das Gerücht unter den Leuten, daß er sich mit vielen Listen davor schütze, sich einem anderen hinzugeben, so als gönne er es anderen nicht, sich an seinem Körper zu erfreuen und die Lust zu genießen, die dieser verhieß. Vor allem aber fürchtete er weibliche Annäherungsversuche, und wenn eine Frau, bezwungen von seinem verführerischen Lächeln, sich ihm zu nähern versuchte oder seine Hand ergriff oder ihn auch nur flüchtig berührte, so zog er sich fast mit Abscheu zurück, sei es, weil er seine Keuschheit bewahren und den Versuchungen des Fleisches entgehen wollte, sei es, weil sein Verlangen in eine andere Richtung ging.

Während eines Ausflugs, den die gesamte Hofgesellschaft ins Tal unternahm, um die Blüte der zahlreichen Kirschbäume zu feiern, geschah es nun, daß neben Prudenzio die Hofdame Ildegonda einherritt, eine ernste Blondine von jenseits der Alpen, groß und schön, obzwar ihr noch gewisse Schroffheiten im Benehmen und eine unangenehme Härte in der Stimme anhafteten. Man unterhielt und neckte sich, und plötzlich, vielleicht, weil die Kirschblüten so herrlich dufteten oder die Bienen so emsig summten oder ein so erregendes Lüftchen wehte, entbrannten in der Jungfrau Ildegonda alle Sinne für den Abt, und zwar so heftig, daß sie nicht mehr wußte, wie sie ihr Verlangen zügeln und es ihm verbergen sollte. Wir wissen nicht, ob er es bemerkte und bereits mit sich zu Rate ging, wie der heimtückischen Nachstellerin zu entkommen sei. Sicher war, daß die Frau bereits insgeheim einen Plan ausheckte, um den Abt derart zu überraschen, daß er ihr nicht entwischen konnte, wie spröde und widerborstig er auch sein mochte. Und so kam es tatsächlich, daß, nachdem alle in die Burg zurückgekehrt waren und in ihren Gemächern der Ruhe pflegten, sich Ildegonda bei der Tür des Abts hinter einer Säule versteckte und, als er kam und eintreten wollte, den solcherart Überrumpelten vor sich her ins Zimmer stieß, wobei sie so geschickt zu Werke ging, daß sich die Tür hinter ihr schloß. Was sich danach im Zimmer abspielte, wissen wir nicht; wenn es einen Kampf gab, war er erbittert und hart, weil die Dame den keuschen Abt an Stattlichkeit übertraf. Aber dieser hatte seine Abwehrmaßnahmen aufs äußerste perfektioniert: Das Bett war in eine Nische geschoben worden, und davor, damit niemand es entweihe, senkte sich, wenn man einen Hebel drückte, ein Eisengitter mit scharfen Spitzen von oben herab, so daß der Alkoven sicher war und jeder Eindringling sich der Gefahr aussetzte, durchbohrt zu werden.

Doch hört nun, was geschah und wie die himmlische Gerechtigkeit jenen strafen wollte, der zu sehr auf seine Tugend bedacht und dem menschliche Barmherzigkeit ziemlich fremd war. Prudenzio hatte sich bereits in den Alkoven geflüchtet und auf den Hebel gedrückt, mit Hilfe dessen man das Gitter herabließ, als Ildegonda, in einer letzten Anstrengung, des Abts habhaft zu werden, ihn mit Leibeskräften aus dem Bett zu zerren versuchte, ohne an die drohende Gefahr zu denken und ohne ihres Lebens zu achten. Um sich der zudringlichen Person zu erwehren, klammerte sich Prudenzio an den Vorhang des Alkovens und leistete beharrlich Widerstand, während sie immerfort zog, bis plötzlich das schwere Gitter mit den scharfen Spitzen den Körper des Abts durchbohrte und ihn am Boden festnagelte, so daß er auf der Stelle tot war.

Dergleichen widerfährt denen, die sich dem Liebesverlangen der Frauen verweigern, und diene all den Männern zur Warnung, die mit ihren Gunstbeweisen geizen, denn an ihnen rächt sich die himmlische Macht dadurch, daß sie die blutigen Opfer ihrer eigenen Abwehrmaßnahmen werden.

DER STERNDEUTER

An den Juniabenden, ehe der Mond aufging, ritt die Marchesa gern, in ihr weißes Seidencape gehüllt, auf ihrem Schimmel Ippomele aus. Mit Vorliebe begab sie sich zu einer felsigen Anhöhe, auf der keine Bäume standen, sondern nur vereinzelt Latschengesträuch wuchs. Gegenüber ragte ein Berg auf, dessen Gipfel noch immer mit Schnee bedeckt war und das Licht wie weißer Marmor widerspiegelte. Dort erwartete sie den Aufgang des Mondes. Ein milchiger Schein kündete den Zeitpunkt an, zu dem das Gestirn hinter dem Berg hervortreten würde, und verbreitete sich langsam rings umher und zeichnete den Umriß des Berges wie ein dunkles Gesicht aus Stein nach. Dann, wenn der Lichtschein intensiver und fast leuchtend geworden war, breitete sich das Licht auf einmal über dem Grat aus und glitt den Berg entlang hinab wie ein weißer Sturzbach, und der Berg sah aus wie ein riesiger funkelnder Diamant.

Eines Abends, während die Marchesa wieder auf der Anhöhe den Aufgang des Mondes erwartete, fiel das Licht, als es sich diesseits des Berges verbreitete, auf die Gestalt eines Mannes, der, in einen blauen Mantel gehüllt, auf einem reglos dastehenden grauen Pferdchen saß, um offenbar ebenfalls das Naturschauspiel zu beobachten. Neugierig geworden näherte sich ihm die Marchesa, doch ehe sie noch das Wort an ihn richten konnte, schüttelte der Mann den Kopf und brummte:

»Da, es ist vorbei, nun sieht man nichts mehr. Habt Ihr gesehen, wie schön der Mond ist? Man sieht nichts mehr.«

»Mir scheint genau das Gegenteil der Fall zu sein«, entgegnete die Marchesa, »nun sieht man alles.«

»Die Sterne sieht man nicht mehr, mein Fräulein. Keinen einzigen. Und wenn man bedenkt, daß dies die klarsten Nächte sind, zumindest in der schönen Jahreszeit.«

»Seid Ihr ein Sterndeuter?« fragte die Marchesa.

»Natürlich. Was sollte ich denn sonst sein?«

Die Marchesa antwortete nicht und dachte bei sich, daß er durchaus etwas anderes hätte sein können. Dabei beobachtete sie den Mann, der so zierlich wie sein Pferd und in einen blauen Mantel gehüllt war und auf dem Kopf ein ebenfalls blaues Barett trug.

»Das dort ist doch die Burg derer von Savoyen, nicht wahr?« fragte er und deutete dabei auf die Burg der Marchesa.

»Nein, Herr, die Burg gehört denen von Challant.«

»Wollt Ihr Euch über mich lustig machen, Fräulein? Die von Challant gibt es nicht mehr. Sie sind von den Savoyern davongejagt worden.«

»Vielleicht werden sie es eines Tages sein, Herr. Doch dieser Tag ist noch nicht angebrochen. Das dort ist meine Burg: Ich bin die Marchesa von Challant.« Der Mann sah sie mit vor Staunen gerundeten Augen an, und die Marchesa bemerkte nun, daß sie blau wie Türkise waren. Seltsam, dachte sie, daß ihr das nicht früher aufgefallen war.

»Entweder bin ich inzwischen ein Trottel und kann nicht mehr die Sterne lesen, oder sie haben mich absichtlich belogen«, sagte der Sterndeuter.

»Sie haben Euch belogen; vielleicht nur zum Teil«, sagte die Marchesa. »Alles auf der Welt kann lügen.« Und dabei schlug sie die Richtung zur Burg ein und bedeutete dem Astrologen, ihr zu folgen. Als sie sich im von vielen Öllampen erleuchteten großen Saal befanden, fixierte die Marchesa die Augen des Sterndeuters und wunderte sich, denn sie waren nun gelb und funkelten wie Gold. Sie lud ihn ein, einige Tage in der Burg zu verweilen, einerseits, weil dies die guten Sitten verlangten, ein wenig aber auch, weil der Sterndeuter mit den goldfunkelnden Augen ihre Neugier geweckt hatte. Alle am Hofe empfanden instinktiv Angst vor ihm, und obwohl sie vor Verlangen brannten, von ihm etwas über die Schicksalsmacht der Sterne zu erfahren, getraute sich niemand, ihm Fragen zu stellen. So war es die Marchesa, die eines Abends diese diffuse Neugier in Worte faßte:

»Ihr also, Herr Sterndeuter, vermögt wirklich in den Sternen zu lesen wie in einem Buch?«

Er sah sie mit goldglänzenden Augen an und antwortete: »Besser als in einem Buch, hundertmal besser.«

»Aber die Sterne können lügen und Ihr Euch beim Lesen irren.«

»Die Sterne lügen nicht. Wenn ich aus ihnen etwas Falsches gelesen habe, so habe ich sie falsch gedeutet … Ihr wißt, Marchesa, worauf ich anspiele.«

»Auf den Umstand, daß uns die Savoyer von hier vertreiben werden. Warum muß dies geschehen? Ist es unvermeidlich?«

Der Sterndeuter blickte ein Weilchen zu Boden, dann hob er die Augen und sah die Marchesa an: Sie wirkten blau und schwermütig.

»Ich weiß es nicht«, sagte er, »denn ich bin kein Wahrsager. Denkt nicht mehr daran, Marchesa. Wenn es geschehen soll, wird es geschehen. Bisher ist es nicht eingetreten.« Bei diesen Worten hob er sein Glas und blickte die Marchesa mit Augen an, die blauer denn je waren. Sie lächelte.

»Die Wissenschaft von den Sternen, gnädige Frau, steckt noch in den Kinderschuhen«, fuhr er fort, »und sie ist in Buchstaben geschrieben, die recht schwer zu lesen sind. Selbst der größte Gelehrte der Welt kann sich irren, wenn er sie entziffern will.«

»So ist es also wahr, daß jeder Mann und jede Frau unter einem bestimmten Stern geboren wird, der ihnen das Leben vorzeichnet, und diesem Einfluß kann man sich nicht entziehen, selbst dann nicht, wenn man es möchte?« fragte Venafro, der den Worten des Sterndeuters aufmerksam gelauscht hatte.

»Gewiß. Dies ist eine der wenigen Fragen, über die sich die Gelehrten einig sind. Am Tag und in der Stunde, in der ein Mensch das Licht der Welt erblickt, wird der Himmel von einem Stern oder einer Konstellation mehrerer Sterne beherrscht wie von einem unsichtbaren Wappen, das seinen Charakter und daher sein Schicksal ausdrückt. Daher wundern sich die kleinen Leute vergebens, daß ein streng erzogener Mensch zum Mörder werden kann und ein anderer, der im Wald gelebt hat, feinsinnig und großherzig ist und daß ein Hirte zum Pinsel greift und wie ein Apelles malt oder einer, der nie ein Buch gelesen hat, plötzlich Gedichte schreibt. Dies ist die Macht der Sterne, die darin liegt, daß man ihr Zeichen nicht auslöschen kann, auch wenn man es sein ganzes Leben lang versucht, und früher oder später leuchtet es aus der Dunkelheit wie ein goldenes Siegel im Stein.« So sprach der Sterndeuter und ließ seine goldschimmernden Augen rings umher schweifen. »Und das gilt auch für einen Abt. Wenn er unter dem Stern der Heiligkeit geboren ist, wird er früher oder später ein Heiliger, selbst wenn er das Martyrium erleiden sollte«, grinste der Sterndeuter, und seine Augen waren gelber denn je.

Während alle insgeheim über diese zweideutigen Worte nachsannen und recht unterschiedliche Schlüsse daraus zogen, fühlte Abt Santoro, wie ihm das Herz in der Brust hüpfte. Endlich hatte sich ihm der wahre Sinn seines Lebens offenbart.

Abt Santoro war ein stilles und, wie es schien, bescheidenes Männchen. Er aß wenig, trank wenig, und was das Reden betraf, so schwieg er stets. Bei Hof nahm ihn kaum jemand wahr, und Fräulein Camilla mußte den Pagen und Dienern oft drohende Blicke zuwerfen, weil sie ihm an der Türschwelle nicht den Vortritt ließen und manchmal sogar vergaßen, für ihn ein Gedeck aufzulegen, was indes kein so schweres Vergehen ihrerseits war, wenn man bedenkt, daß sich die Anzahl der Äbte laufend änderte oder, besser gesagt, so rasend schnell verringerte. Doch tief in seinem Inneren hegte Abt Santoro einen großen Ehrgeiz, der, wie eine Leidenschaft, alles verzehrte: Er wollte nämlich aus der Marchesa einen gläubigen Menschen machen, da er sehr wohl sah, wozu nicht viel gehörte, daß sie sich recht wenig um Glaubensdinge kümmerte. Das war ein höchst hehres und schwieriges Unterfangen, so schwierig, wie Saladin zu bekehren … und vielleicht gefährlicher, weil diese Dame Bianca keinerlei Skrupel kannte. Worin die Gefahr bestand, hätte Abt Santoro nicht sagen können, aber ihm war klar, daß es so etwas wie eines Wunders oder eines Martyriums bedurfte, damit sein Vorhaben gelinge. Und er sah sich bald in der Rolle des siegreichen heiligen Georg, der den Drachen mit seinem Pferd niedertrampelt, bald als den heiligen Sebastian, der, von tausend Pfeilen durchbohrt, nackt an einen Baum gebunden ist – er, der noch nie in seinem Leben einem lebendigen Wesen nackt gegenübergetreten war und sogar Angst vor den Dornen der Rosen hatte. Doch die Marchesa von Challant mußte bekehrt werden, und von diesem Gedanken war nun sein Leben beherrscht.

Aber wie sollte er es anstellen? Noch nie hatte er an sie das Wort gerichtet. Tatsächlich legte er sich im Geiste lange Reden zurecht, die zwar, theologisch gesehen, schwach sein mochten, unter gefühlsmäßigem Aspekt jedoch tadellos und durchaus dazu angetan waren, das Herz einer Frau zu rühren. Aber wenn er sie sah, und sei es auch nur von weitem, und sich bereits anschickte, sie anzusprechen, erstarb ihm die Stimme zu einem Gegurgel in der Kehle, und seine Beine trugen ihn anderswohin, in irgendeinen dunklen Winkel oder hinter den Rücken anderer, so daß man mit nahezu absoluter Gewißheit sagen kann, daß die Marchesa ihn noch nie wahrgenommen hatte. Abt Santoro mühte sich ab, wußte allerdings nicht, wie er ihre Aufmerksamkeit auf sich ziehen könne. Bei Tisch saß er ganz weit von ihr entfernt, und die Mahlzeiten waren die einzigen Gelegenheiten für ihn, sie zu sehen. Ausgenommen die Messe freilich. Und dort, während er die Psalmen sang, war er wie entfesselt. Da wurde er dann zum demütigen Psalmisten, König David, oder mit donnernder Stimme zum Gott der Exerzitien oder gar zum ungläubigen, frevelhaften Philister. Natürlich übertrieb er dabei etwas in der Lautstärke, und das einzige Mal, daß die Marchesa ihn wirklich wahrnahm, war in der Burgkapelle während des Gesangs der Psalmen – er lieh seine Stimme dem Gott der Exerzitien –, als sie sich entnervt zum Chor wandte und die weißen Hände hob, um sich die Ohren zuzuhalten. Damals verstummte Santoro. Er träumte viel. Er träumte, er reite bei schwerem Gewitter durch einen Wald und sehe, wie Bianca von einem grimmigen Räuber entführt wird. Die Frau streckte ihm die Hände entgegen und schrie um Hilfe, und er hieb mit seinem Schwert die Keule des Bösewichts entzwei und entriß ihm das weinende Mädchen. Er träumte, er sei Karl der Große, der die Sachsen besiegt hatte und deren Sklaven befreite, unter denen sich auch, halbnackt, ermattet und in Eisenketten, die Marchesa befand, und er erkannte sie erst, als er ihr die langen Haare aus dem Gesicht strich … Er träumte, sie sei eine Bettlerin, barfuß im eisigen Morast des November, und er zog sie auf sein Pferd und wickelte sie in seinen Mantel … Doch die Marchesa war weder in Ketten noch halb erfroren und wurde auch nicht von Räubern bedroht, und wenn sie Hunger hatte, konnte sie soviel essen, wie sie wollte. Und dann wurde er in seinen Tagträumen irgendein Heiliger hoch zu Roß oder ein Kreuzritter, aber er fühlte sich durchaus nicht als Held … Allerdings stellt sich Heldentum mit der Heiligkeit ein, das jedenfalls hatte der heilige Bernhard in einer Predigt geschrieben …

Auch wenn er es nie gewagt hatte, die Marchesa anzusprechen, so überwand er immerhin seine Scheu und richtete das Wort an den Sterndeuter.

»Herr, wollt Ihr mir den Stern der Heiligkeit zeigen?«

Der Astrologe schaute ihn zuerst verblüfft, dann mit Augen an, die noch nie so gelb gewesen waren.

»Gewiß, Monsignore. Kommt heute nacht mit mir auf den felsigen Hügel, wenn die Dunkelheit hereingebrochen ist, weil dann der Mond bereits zu sinken beginnt«, und er betrachtete ihn mit goldschimmernden Augen, in denen ab und zu ein Lächeln aufflackerte. Doch der Abt bemerkte es nicht, verbrachte die Zeit des Wartens im Gebet, mit wilden Phantasien und sah nach Westen, wo es ganz langsam zu dunkeln begann, der Himmel färbte sich rot, wurde ganz dunkel, das Mondlicht erhellte ihn eine Weile, der Mond ging unter, und nur die Sterne funkelten in der Dunkelheit.

Es war tiefe Nacht, und eine große Stille lag über dem ganzen Land. Santoro, eingehüllt in seinen langen Priestermantel, zitterte vor Angst, als er den felsigen Hügel erklomm. Sogleich erkannte er die Gestalt des Sterndeuters auf seinem grauen Pferdchen: Er betrachtete die Sterne durch ein langes, dunkles Rohr.

»Wozu dient dieses Rohr, Herr?« fragte der Abt. Der Astrologe raffte sich auf und sah ihn verdutzt an:

»Was macht Ihr hier? Alles schläft zu dieser Stunde, bis auf die Sterndeuter ... und die Liebenden«, fügte er lachend hinzu. Mittlerweile war ihm die merkwürdige Bitte des Abts wieder eingefallen, und eine gewisse Schadenfreude ergriff von ihm Besitz. »Ihr wollt den Stern der Heiligkeit sehen, nicht wahr?« Und indem er sich von seinem Pferdchen herabbeugte, reichte er dem Abt das dunkle Rohr und zeigte ihm irgendeinen Stern am Himmel. »Der dort ist es; schaut ihn Euch durch das Rohr an, so könnt Ihr ihn betrachten, ohne daß das Funkeln anderer Sterne seinen Anblick trübt. Seht Ihr ihn? Seht Ihr, wie er zuckt? Er weiß, daß Ihr ihn sucht. Geht ihm entgegen, folgt ihm, er wird Euch den Weg weisen, um ein Heiliger zu werden, er wird Euch den Mut geben, um alles zu tun, was Eure Berufung von Euch verlangt, um Strapazen, Gefahren und auch das Martyrium auf Euch zu nehmen. Und seid gewiß ...«, der Sterndeuter mußte die Stimme erheben, denn Santoro hatte sich, das Rohr ans Auge gedrückt, sogleich auf den Weg gemacht und sich schon ein Stück weit entfernt, »... seid gewiß, daß Ihr Euer Ziel nicht verfehlt.«

Der Abt antwortete nicht; womöglich hatte er die letzten Worte des Sterndeuters nicht einmal gehört. Er ging und schaute nicht, wohin er ging, ganz dem Lockruf seines Sterns hingegeben. Der Astrologe sah, wie er sich schwankend entfernte. Immer noch mit dem Rohr am Auge, lief er, verlor sich zwischen den Felsbrocken; danach erfuhr man nichts mehr von ihm. Er kehrte nie mehr zur Burg zurück, vielleicht hat er die Heiligkeit erlangt, oder aber er liegt in einer Schlucht, mit zerschmetterten Gliedmaßen, doch in seinem Glauben unerschüttert.

»Gebieterin, gib mir Farben und Pinsel, denn ich will deinen lieblichen Körper malen, und gib mir viel Purpur und Gold«, sagte der Philosoph und betrachtete die auf dem Bett liegende Marchesa.

»Gold, Philosoph? Wozu brauchst du Gold, wo doch mein Haar schwarz ist?«

»Ich weiß schon, wo das Gold in deinem Körper verborgen ist. Reine Goldader in der tiefen Schatzkammer der Erde, flüssiges, leuchtendes Gold, geschmolzen im heißesten Schmelztiegel der Welt, dort, wo das Leben entspringt und der Tod stirbt, wo der Mittelpunkt des Universums ist und der Zentrum der Lust. Gib mir Gold, Marchesa, und es wird immer zuwenig sein, um die unendliche Köstlichkeit deines Körpers darzustellen.«

Spät am Abend war er eines Tages im Oktober zurückgekehrt und hatte zweimal an die Tür der Marchesa gepocht. Sie hatte ihn wiedererkannt. Am Morgen darauf ritt er von dannen. Und im Tal begann die Weinlese. Vom Gipfel jener schon erwähnten Anhöhe beobachtete die Marchesa die Maultierkolonne, die mit leeren Körben die Burg verließ und sie prallvoll mit tiefschwarzen Trauben gefüllt zurückbrachte. Der Nebel hob sich allmählich und enthüllte dem Blick die terrassierten Gebirgshänge, auf denen es von Menschen wimmelte. Irgend jemand sang ein Lied, alle redeten durcheinander, ordneten an, lachten und fluchten. Die Weinreben fransten unter den Händen und Messern aus wie alte goldgelbe Spitzen, die von Wind und Wetter zerfetzt worden sind. Die Sonne brach durch den Nebel, erfaßte einen Felsvorsprung nach dem anderen bis hinab zum Herzen des Tales und schlug die Schatten in die Flucht. Ihr Feuer weckte Laubwerk und Blumen und ließ jeden Winkel, jede Furche, jeden Spalt der fruchtbaren Erde aufleuchten. Und die Marchesa sog die Wärme und das Licht der Sonne mit Augen, Herz und allen Fasern ihres Körpers in sich ein.

Als die Traubenlese beendet war, servierte man den Bauern, Männern und Frauen, im großen Burghof vollmundigen Wein, Brot, Käse, Wurst, Kuchen aus Honig und Eiern, Walnußgebäck und noch einmal Wein, so daß alle fröhlich waren und viel gesungen und getanzt wurde; und Diener und Herrschaft genossen gemeinsam das große Fest des Herbstes. Auch nach Sonnenuntergang feierte man noch weiter, als das Tageslicht erloschen war und nur der Mond am Himmel und viele Harzfackeln den großen Hof erleuchteten, auf dem sich die Tänzer drängten. Speisen und Wein und die Hitze des Tanzes besiegten die Kälte, die sich dennoch beißend zwischen die Kleider schob und mit dem jugendlichen Feuer kämpfte. Schließlich ließ die Marchesa an alle Glühwein ausschenken und forderte dann die Gäste auf, nach Hause zu gehen oder sich in ihre Gemächer in der Burg zurückzuziehen.

»Es würde mich nicht wundern«, sagte sie zu Goffredo aus Salerno, »wenn morgen so mancher eine Erkältung hätte.«

»Macht Euch darüber keine Gedanken, Marchesa«, erwiderte er, »die Ärzte von Salerno haben gegen jedwede Erkrankung Mittel und Rezepte ersonnen.«

Und nach diesen Reden gab sich ein jeder, von Müdigkeit übermannt, dem Schlafe hin. Die Marchesa hatte richtig vorausgesehen, denn tatsächlich legte sich schon am nächsten Tag Abt Malbruno mit heftigen Schmerzen in den Lenden zu Bett. Dem Abt drohte zwar keine Lebensgefahr, doch handelte es sich bei seinen Beschwerden um ein so lästiges Übel, daß die ganze Burg von seinem Stöhnen widerhallte und er keine Stelle der Liegestatt und keine Position der Glieder zu finden vermochte, die sein Leiden hätten lindern können. Sogleich wurde Goffredo verständigt, der als allererstes anordnete, dem Abt wollene Tücher auf die Lenden zu legen, auf die sich eine Jungfrau setzen sollte, damit sie diese mit ihren eigenen Lenden erwärme: Denn es ist geradezu ein feststehendes Prinzip jeglicher Medizin, daß jeder kranke Körperteil mit dem entsprechenden Glied einer gesunden Person geheilt werden müsse. Sodann suchte der weise Goffredo in seinen Büchern nach dem probatesten Mittel gegen eine solche Krankheit. Viele Seiten blätterte er mit seiner schönen Hand um, und endlich rief er aus: »Das ist es! Das ist das beste Mittel gegen diese Beschwerden und für den Zustand des Kranken.« Und Herr Goffredo las die folgende Heilmethode:

Oberstes Gebot, das bei einem, der unter Lendenschmerzen leidet, zu befolgen ist:

Wie ein jeder weiß, hat das Lendenleiden seine Ursache in der Schwermut, und so sage man dem, der von solchem Schmerze bedrückt ist, daß ihm das Paradies zum Lohne winke, wenn er sich, obwohl ihn die Lenden schmerzen, tapfer anschicke, anmutige Frauen zu lieben, und seine Aufgabe mit Anstand vollführe, denn der gerechte Gott, der jede gute Tat vergilt, verschließt die Augen nicht vor solcher Tüchtigkeit.

Die Herren der Burg sahen einander etwas unschlüssig an, da ihnen eine derartige Therapie ziemlich merkwürdig vorkam. Doch die Autorität der Schule von Salerno war in medizinischen Dingen so groß, daß sie endlich beschlossen, den Kranken zu fragen, ob er sich einer solchen Kur zur Heilung seiner Leiden unterziehen wolle. Auch Abt Malbruno war ein wenig überrascht, als er von einer solchen Verordnung hörte, zumal die Medizin nicht allzu unangenehm schien, und er wurde ein bißchen kleinlaut, da er nicht wußte, ob ihm die Krankheit genügend Kraft lasse, um dem Unterfangen gewachsen zu sein. Aber schließlich konnte er überzeugt werden, der Kur zuzustimmen, ob nun wegen des großen Ansehens, das die Ärzte von Salerno genossen, oder wegen der Belohnung, die für eine solche Tat winkte, sei dahingestellt. Doch für diese Therapie mußten erst noch Jungfrauen gefunden werden, die bereit waren, sich zu opfern, ob nun aus Liebe zum Abt oder aus reiner Barmherzigkeit.

Und bald wurde deutlich, daß dies kein wirkliches Problem darstellte und wir zuweilen unsere Mitmenschen falsch einschätzen. Denn nicht viel Zeit war vergangen, seit der Herold der Burg auf dem Dorfplatz die Anfrage verkündet hatte, als jeder mit eigenen Augen sehen konnte, wie groß die Barmherzigkeit ist, die in einem Frauenherzen wohnt: In stattlicher Zahl nämlich kamen die Frauen, junge und weniger junge, hübsche und weniger hübsche, zur Burg, um die Schmerzen des Abts zu lindern, und er machte sich wohlgemut und freudig ans Werk. Obgleich ihm der lästige Schmerz in der ersten großen Drangsal arg zusetzte, spürte er doch rasch die wohltuende Wirkung des Heilmittels, so daß sich ihm die Lenden während des Unternehmens erwärmten und er rüstig sein Werk vollbrachte, sei es wegen des großen Vertrauens, das er in die Schule von Salerno hatte, sei es, um sich das Paradies zu erwerben, wie es die Anweisung verhieß.

Doch leider schickte sich der Kranke allzu bereitwillig und oft in das ihm von der salernitanischen Medizin auferlegte Los, so daß er sich übernahm, und wie sich bereits bei dem Saft der Herbstzeitlosen gezeigt hat, der dem guten Umido zum Verhängnis wurde, kann zuweilen etwas, das zum Wohle des Menschen bestimmt ist, großen Schaden anrichten. Und dergleichen sieht man auch hier. Es bleibt letztlich unklar, ob Malbruno zuviel Medizin genommen und ihr zu hastig zugesprochen hat oder aber ob die Liebe zum Paradies über seine Kräfte ging. So geschah es denn, daß Meister Goffredo, als er sich gegen Abend, während sich die Schatten auf den Himmelsthron senkten, zum Abt begab, um nachzusehen, ob die Wissenschaft der Salernitaner die Krankheit niedergekämpft habe, lange an dessen Tür klopfte und keine Antwort bekam und dann, nachdem er das Zimmer betreten hatte, den Abt auf seinem Lager sanft entschlafen fand.

»Dies ist die Burg des Teufels!« rief Abt Ildebrando und schwang in der Rechten eine qualmende Fackel. »Dies ist die Burg der Sünde! Ein jeder frönt hier hemmungslos seiner Lust. Keine christliche Moral setzt der Musik, dem Tanz und der Unzucht Grenzen!« Die Augen blutunterlaufen, schrie er den Herrschaften zu, die beim Leichenschmaus für den verschiedenen Abt Malbruno saßen. »Es gibt auf der ganzen Welt keinen unkeuscheren Ort, wo weniger gefastet und weniger Enthaltsamkeit geübt wird; Gebete und Bußübungen sind hier unnütze Worte, da jeder immer nur seinem Vergnügen nachgeht. So voll von Schlechtigkeit ist diese Wohnstätte, daß es Gott gefiel, innerhalb eines Jahres elf Äbte abzuberufen, damit sie von solchem Aussatz nicht angesteckt würden.«

Dann deutete er mit seinem langen, knochigen Zeigefinger auf die Marchesa:

»Und Ihr, Marchesa, seid die Wurzel dieser üblen Pflanze, die Ihr mit Eurer Bosheit jeden ansteckt, der in Eurem Hause lebt. Doch darüber braucht man sich nicht zu wundern, da Ihr eben ein Weib und somit das Werkzeug des Teufels seid. Und es nimmt auch nicht wunder, daß diese Burg ein Sündenpfuhl ist, denn Ihr seid seine Herrin.« Und indem er die Anwesenden mit strengem Blick maß, brüllte er: »Alle, alle, lebt ihr in Todsünde, weil ihr gelernt habt, die Lust zu lieben und das Leiden zu fliehen, und alle werdet ihr in den Flammen der Hölle stöhnen! Doch zuerst«, und dabei blitzte der Wahnsinn in seinen Augen auf, »zuerst werde ich das höllische Babylon zerstören und die Welt von diesem Sodom und Gomorrha reinigen, so daß auch ihr im Feuer zugrunde geht und zwischen den Flammen für eure Sünden büßt: Betet zum barmherzigen Gott, daß er sich mit dem irdischen Feuer zufriedengibt, das eure Körper verzehrt und eure Seelen verschonen wolle. Seid mir dankbar dafür, daß ich euch die letzte Hoffnung gewähre, den Flammen der Hölle zu entgehen«, und er schwenkte die Fackel, aus der harzige Funken stoben.

»Ist Monsignore vielleicht ein Pyromane?« fragte Goffredo, gewissermaßen aus beruflichem Interesse. Venafro entgegnete:

»Nein, Herr, ich glaube nicht. Vermutlich ist er ein Anhänger jenes Abts von Clairvaux, der die Menschheit mit dem Feuer der Scheiterhaufen erwärmen will. Ich fürchte, Herrschaften, es könnte womöglich ein Unheil geschehen«, und bei diesen Worten winkte er den Pagen Irzio zu sich heran, um mit ihm zu sprechen. Nachdem er ihm einige Worte ins Ohr geflüstert hatte, verließ der Jüngling den Saal und kehrte wenig später mit zwei kräftigen jungen Burschen zurück, von denen ein jeder den Abt an einem Arm packte und den wütend aufstampfenden und brüllenden Mann wegschleppte.

Unverwandt blickte die Marchesa eine Weile zur Tür, durch die der Abt verschwunden war. »Venafro«, sagte sie dann, die Augen zu ihm gewandt, »sind wir denn wirklich so schlimm?«

»Nein, Gebieterin, gewiß nicht. Die größte Weisheit des Lebens besteht darin, die Wonnen und Glücksmomente zu genießen, die es für uns bereit hält. Buße macht den Menschen traurig, und ein trauriger Mensch möchte, daß auch seine Mitmenschen traurig sind. Es ist wie eine ansteckende Krankheit, findet Ihr nicht, Herr Goffredo?«

»Sicher, mein Herr. Und viele körperliche Beschwerden gehen auf diese Schwermut zurück, besonders die Krankheiten der Seele, wie die Angst vor der Sünde und das Schuldgefühl.«

»Herrschaften«, sagte Venafro und stand auf, »ich glaube, die einzige Sünde, die es auf der Welt gibt, ist das Böse, das man sich und anderen zufügt. Die Gaumenfreuden werden zur Sünde, wenn man anderen ihre Nahrung wegnimmt, die Fleischeslust, wenn man andere gegen ihren Willen dazu zwingt. Doch es ist eine viel größere Sünde, die Gemüter mit der Ungeheuerlichkeit der Hölle zu vergiften, in den Herzen der Menschen Schwermut, Angst und Verzweiflung zu züchten, als ihre Glieder mit Wonne zu liebkosen. Sündiger ist es, mit den Trompeten des Jüngsten Gerichts zu drohen, als mit Violen, Flöten und Mandolinen zum Tanz aufzuspielen.«

»Und unsere Burg hier ist somit also kein Skorpionennest?« fragte die Marchesa.

»Gebieterin«, antwortete diesmal Herzog Franchino, »sie wäre ein Nest von Skorpionen, wenn wir den Bauern die Ernten raubten, wenn wir ihnen mehr abverlangten als den gerechten Dienst, wenn wir Menschen Gewalt antäten. Dies haben wir nie getan, auch ich nicht in meiner Zeit als Herzog von Mantua.«

»Uns bleibt die Wahl, gerecht oder ungerecht zu sein«, fuhr Venafro fort, »und selbst der niedrigste Mensch kann zum Tyrannen werden, da er stets ein Wesen finden wird, das schwächer ist als er, das er unterdrücken kann, um sich stark zu fühlen. Doch wenn er dies nicht sucht und erstrebt, ist nicht einmal ein König ein Tyrann.«

»Doch auch wenn wir es nicht wollen, fügen wir irgend jemandem Leid zu«, fuhr die Marchesa fort, »wie es im Leben der Männer und der Frauen vorkommen kann, daß sie jemanden leiden lassen, ohne es zu bemerken; wir sind deshalb nicht böse, weil wir ja nicht die Absicht haben, jemandem zu schaden. Daher tue man nicht Buße, noch kleide man sich in graues Zeug, ist doch der herbstliche Himmel schon grau genug und auch die Finsternis der langen Nacht traurig genug. Die wahren Übel sind Hunger und Kälte, Krankheit und Tod; Sünde ist es, das Unglück zu lieben und Trauer zu säen. Spielt auf euren Instrumenten, ihr Herren, und vertreibt die Schatten, die sich in der Herbstnacht verdichten! Morgen wird es wieder Tag, und solange es Leben auf dieser Erde gibt, wird das Tageslicht den bedrängten und betrübten Gemütern Trost spenden.«

Man brachte feurigen Wein und legte neue Scheite in den großen Kamin, aus dem sich die roten Flammen erhoben und den ganzen Saal in ein heiteres Licht tauchten. Venafro zog seine Flöte hervor, und der Herzog griff zur Laute. »Wie wenige wir nun sind, meine Herren!« sagte die Marchesa und dachte an den Troubadour und den Philosophen, an den Kaufmann von Venedig, den Erfinder aus Morazzone, an die Priesterin und an die anderen Freunde, die einmal hier gewesen waren, und an Mistral, der vielleicht zurückkehren würde. »Wie wenige noch übriggeblieben sind!«

Venafro und der Herzog spielten ein Tänzchen, genannt *Abschiedslied*. Gedankenversunken starrte die Marchesa auf das Feuer im Kamin, als plötzlich der Flöte eine andere zu antworten schien, eine kleine, süß klingende Flöte, geblasen von einem Kind. Cicco war aus seinem Bett gekommen und saß nun im Saal auf dem Boden und musizierte gemeinsam mit Venafro und dem Herzog. Zu ihren Füßen hatte sich Mirò eingerollt.

»Es wird besser sein, wach zu bleiben«, sagte die Marchesa, als alle sich zurückgezogen hatten und Venafro sich anschickte, Cicco zu Bett zu bringen, der in seinen Armen schlummerte.

»Ich werde aufbleiben«, entgegnete Venafro, »ruht Ihr Euch aus, Gebieterin.«

»Ich habe Angst vor diesem fanatischen Abt, Venafro; ich habe ihm in die Augen gesehen ... er scheint mir ein böser Mensch zu sein.«

»Bösartig und geisteskrank. Ich werde die ganze Nacht vor seiner Tür wachen.«

Doch im selben Augenblick hörten sie Schreie und Lärm in den oberen Gemächern und ein atemloses Gerenne auf den Treppen, dann stürmte der Page Irzio in den Saal, brachte jedoch kein Wort heraus, aber Venafro und die Marchesa hatten bereits verstanden. Ein beißender Geruch von Rauch und Qualm war mit dem Pagen eingedrungen. Venafro legte der Marchesa das Kind in den Arm: »Geht in den Hof«, befahl er ihr, »ich wecke die anderen«, und zu Irzio gewandt: »Weckt alle Diener und sagt ihnen, sie sollen die Tiere aus den Stallungen führen.«

Als die Marchesa, im Arm das ruhig weiterschlafende Kind, auf den Hof trat, fand sie dort schon Herzog Franchino und Herrn Goffredo; sie hatten Decken und Mäntel mitgebracht, alle, die sie finden konnten. Währenddessen verließen die anderen das Gebäude, die Hofdamen der Marchesa, der Page, die Diener, die Pferde, Kühe und Schafe aus den Ställen führten. Die Marchesa wollte alle persönlich zählen; als sie festgestellt hatte, daß sie vollzählig waren und niemand fehlte, weder von den Hofdamen noch von den Bediensteten, fragte sie: »Venafro? Wo ist Venafro?« Und in diesem Augenblick kam Venafro aus der Burg. Schon drang dichter Rauch aus allen Fenstern und Türen. »Gebieterin«, rief er, »Abt Ildebrando habe ich nicht finden können!«

Aller Blicke richteten sich nun auf die Burg. Die Flammen loderten aus den Fenstern, deren Scheiben unter der ungeheuren Hitze zersprungen waren. Jede Holzdecke, jeder Balken brannte lichterloh, und die Funken sprühten umher. Unter gewaltigem Dröhnen krachte die Balkendecke des Saals herunter. Stumme Tränen rannen über viele Gesichter.

Plötzlich gellte ein Schrei durch die Nacht, und alle Blicke richteten sich auf den großen Balkon der Burg, von wo er zu kommen schien. Eine schwarze Gestalt, die in jeder Hand eine Fackel schwang, zeichnete sich dort vor den Flammen ab.

»Verfluchte Burg!« rief die in eine wehende schwarze Mönchskutte gehüllte Gestalt, »du wirst mit allen deinen Bewohnern zugrunde gehen! Und ich, ich werde dann alle Sünder bestraft haben!« In diesem Moment stürzte die Dachterrasse herab und riß in einem Gewirr von brennenden Balken den Mann mit sich.

Mirò, der wie alle anderen nach oben geschaut hatte, stolzierte nun mit aufgestelltem Schwanz keck auf die Jagdhunde zu, welche die Diener aus den Zwingern genommen hatten. Nach seiner Logik waren sie an allem schuld.

Aus dem Dorf trafen in einem langen Zug die Bauern der Marchesa ein, um ihre Hilfe anzubieten. Der helle Schein der Flammen vermischte sich mit dem ersten Grau der Morgendämmerung, als die Burg bis auf die Fundamente einstürzte. Viele weinten. Venafro legte einen Arm um die Schultern der Marchesa. Cicco schlief selig weiter.

Die Marchesa wandte sich an die Gäste und ihre Dienerschaft und sagte schlicht:

»Die Burg von Challant gibt es nicht mehr. Da wir nun keine Wohnstätte mehr haben, hat jeder die Freiheit, zu gehen, wohin er will. Ich und Cicco werden die weise Priesterin in ›Fin du monde‹ um ihre Gastfreundschaft bitten. Kommt Ihr mit mir, Venafro?«

»Ja, Gebieterin.«

Dann wandte sie sich zu den Hofdamen, zu den Bauern und sagte: »Wenn jemand von unseren Freunden uns sucht und nach der Burg von Challant fragt, so sagt ihm, es gebe sie nicht mehr. Doch sagt ihm, daß es uns noch gibt und daß er uns irgendwo in diesem Tal finden kann, wenn er will.«

Hierauf bestieg sie Ippomele, und Venafro, in einem Arm das schlafende Kind, schwang sich auf Rabanos Rücken. Mirò klammerte sich vor der Marchesa fest. Und im ersten Morgenrot brachen sie auf. »Wenn Cicco die Augen aufschlägt«, sagte die Marchesa, »ist er in dem Haus, das er vor einigen Monaten verlassen hat. Wer weiß, wie froh er sein wird, die Priesterin wiederzusehen!«

»Werdet Ihr die Burg wieder aufbauen lassen, Marchesa?«

»Nein, Venafro. Eine Burg kann man nicht wieder aufbauen. Ich werde ein Haus bauen lassen, damit all jene, die uns besuchen kommen, darin wohnen können.«

Eine Weile ritten sie schweigend dahin, da sagte die Marchesa:

»Ihr seid ein guter Mensch, Venafro.«

Venafro lächelte stumm und erwiderte dann:

»Ich weiß nicht, was Güte ist. Ich bleibe bei Euch, weil es mir gefällt. Eure Gegenwart stimmt mich bald heiter, bald traurig, und manchmal leide ich unter ihr. Aber sie erhält mich immer am Leben, in ihr genieße ich die Freude mehr als anderswo, sie schärft meinen Blick und meine Ohren; mein Geist ist wacher, und wenn es denn je nötig wäre, hätte ich mehr Mut. Ohne Euch würde ich vielleicht weniger leiden, aber mein Leben wäre leerer. Und das Leben ist schließlich alles, was wir haben.«